詩
為詩一辯

止微室談詩

秀實著

序　秀實筆下的兩岸三地詩蹤探源

向明

　　常言「文章千古事，得失寸心知」，照說所謂的文學評論家便是多管閒事的一群人。人家做文章的既然都心裡有數，那還有必要讓別人來說三道四。然而怪就怪在這裡，就有那些多事的路人，也就是所謂的評論家，總會對別人的作品煞有介事的指指點點，惹得別人有時感覺得到知音，有時會不免懊惱，我寫我的，干你鳥事？

　　我就是這麼一個不自量力的傢伙，前前後後這寫作的幾十年來總共寫了至少八本這樣，既不被學院承認，更不會被作者所認可的書，好在我從不敢自稱它是評論，頂多說這是讀書心得，或妄稱詩話。其實我常拿產婦和產科醫生來比擬作家和評家的分別，產婦生孩子是直接經驗，是自身血淋淋的體會中走過來的，當然得失寸心知。而醫生則是累積很多間接的接生經驗而豐富自己的，到底痛不在自身，得失自然有別。

　　然而從來沒有想到，除了我之外，香港的詩家秀實居然也在做這種吃力不討好的事，他在從事詩創作之外，和遊走於各大學或大學的專業進修學院任教新詩寫作之餘，也不知不覺的寫了許多這樣的文章，欲結集成書，名《為詩一辯》，副書名稱之為「止微室談詩」。看到這「止微」二字便令我肅然起敬，這年頭一片「Be Big 做大」之聲不絕於耳，誰還耐煩自細微中求真知。而秀實卻將「止微」為他文學思想的核心價值，就像「止於至善」一樣的要求接近完美真實。他這些文章就這一「止微」高見的標榜，比我那沒心沒肺的亂寫高明多了。也引起我對這些文字的高度興趣。

　　「止微室談詩」分為「台灣篇」、「港澳篇」、「大陸篇」三大類結集，計「台灣篇」有談余光中、葉莎、閑芷、瘂弦四位詩人的名詩四類。這四位台灣詩人兩老兩少，兩男兩女。兩老均是台灣前輩赫赫有名且已成為偶像的大老，被談作品亦是經久不墜的名作，如書中所舉余光中的〈與李白同遊高速公路〉，這首詩談論的人很多，但秀實卻認為「能成功把古典用於今事的詩作並不多，常見的是對古事舊典生吞活剝，胡亂置配而美言飽學的作品，而余這首運用古典，結合今事，無牽強的燴雜，無炫耀的堆砌」。秀實且認為現代社會已不會出現像唐代李白那樣的詩人了，把他拖到現代社會來KUSO一番，讓他見識一下現代詩人窮途的一面。真是不凡的設想。至於說到另一名老作家瘂弦的詩〈鹽〉，秀實在這裡作

了排難解紛的工作。按〈鹽〉一詩是瘂弦唯一的一首散文詩，這種
自西方傳進的詩體，自始即受到國人認係非詩的懷疑，一直爭論不
斷，秀實在這裡卻做了比較合理的調解，他說「這不足250字的文
本，既無法說它是詩，但也絕非散文，這就是散文詩的真身。優秀
的文本便是強而有力的無聲抗辯。」我常認為在詩字的前面加上任
何的「指示形容詞」，一定仍應是「詩」，而不是指示形容的什麼
東東。因此我非常同意秀實以「詩」為本位的看法。對兩位美女的
詩，談葉莎的詩由詩的傳統，詩的自然觀，以及葉莎出版的詩與攝
影合集《人間》所收詩的舉例分析，歸結出的看法是，書寫自然是
詩的永恆母題，但現代文明的進程已向科技及經濟轉軋，人心與自
然的距離變得越來越遠，因之許多詩人歸向於身體寫作，有些且剔
去了思想的刻度，他認為詩歌寫作其實就是考量我們的思想深度，
發現浮泛世相後的真情實況，這是秀實在讀過葉莎某些有身體書寫
傾向後的一些忠言，難得這麼坦誠的提醒。在對〈讀閑芷詩筆記〉
的一篇中，秀實在回顧自己大學時代對現代文學求知時所獲得的一
些經驗，其中有一段話對詩創作極為優秀的閑芷而言極為重要。詩
的追求，不能安於現況，總得挑戰更大的難度，其最高層次即便是
在為「事物」命名，重組「秩序」。他認為閑芷在「失名」與「命
名」之間，在「失序」與「秩序」之間寫下了不少動人的詩句。其
語言功力已具體可見。

　　在本書第二部分「港澳篇」中計有九篇論詩的文章，分別是：〈風吹過了，殘留著樹影──讀丁平詩〉〈揚起的浮塵──談舒巷城〉《抗命的精神──讀羈魂〈病體五題〉》〈劍聲鏗鏘，落花寂寥──路雅武俠詩的一體兩面〉〈詩歌與人──讀李華川〉〈談神祕詩學兼及西草之詩〉〈談周瀚的後設詩歌及其他〉〈為詩一辯──讀謝傲霜詩作隨感〉〈澳門城，讀洛書〉。

　　港澳兩地雖都是彈丸小島，且都被殖民統治過，但地小環境特殊並未影響到詩文學的發達，從南來或自本土培植出來的鄉土詩人，都在這兩個當年是祖國境外的地方耕耘出不小詩的成績。我們且看這九篇文章所論的九個詩人的詩，每個人的詩都有各自的特性，都可自成一體。足可見這兩地詩環境的不凡和複雜。也可考驗秀實面對如此聲勢浩大的雜處實力的能耐，現代新詩通常所具有的表現諸法不外孤獨、絕望、荒誕、神祕和死亡，這些詩人的詩也不例外，自學院出身的秀實，對來自西方的現代主義新的潛規則和中國傳統詩所有技巧和法則，他都熟諳的運用在自己的詩創作中，現在面對什麼神祕詩學、後設詩歌、病體詩或武俠詩，自然應付裕如，他都以詩語言的呈現和思想深度是否能發現浮泛世界背後的真實情況為試金石，不能通過這兩基本檢驗，他都會予以點出或暗示。

　　在此九篇中，我以為〈讀丁平詩〉和〈路雅武俠詩的一體兩

面〉兩篇最有價值，也早應有人論述。論丁平先生文學資歷，他和台灣詩壇耆老覃子豪先生是同輩，同為1939年重慶中訓團新聞研究班同學。也是在大陸就寫詩。避居香港後，他在廣大學院（前身為未撤退來香港的廣州大學）開班授課傳授台灣的現代詩。論成就他和從台灣去在中文大學執教的余光中不相上下，但丁平一生低調處世，也不參加香港任何文學活動，故此他的存在鮮有人知，至於他的詩作，由於他從不宣揚他自己，作品從不示人，要不是秀實有心發掘，將他的不多的詩，風格屬柔韌一路的詩在本文透露出來，文學史上是會缺上一小角的。

詩人路雅也是一個在香港詩壇非常低調，卻一直勇於嘗試作風多變的詩人，他有一首詩〈尋找〉。他說「尋找讓時間變得更真實／即使一條小草也變得柔亮」，足見他的勇於嘗試是在求得自身的充實。一位使他穫得宗教慰安的牧師說，路雅是一個不甘受縛於輪椅的靈魂，欲藉新詩的翅膀破繭而出，他有古典的俠心，充滿天人的契合，因此他嘗試寫的武俠詩〈劍聲與落花〉也是他在文學事業上開疆拓土的另一種嘗試。在這「詩有各種可能」，「越界寫作」甚囂塵上的今天，路雅在2013年即已在作武俠詩寫作的嘗試，是值得鼓掌的。

就兩岸四地的大小比例言，這第三部分的「大陸篇」也僅只寫五家的評論，可說有點迷你，只能說是隨機取樣吧，當然不能代表

那幾十億人中即使是很少數的詩人。秀實在論說中曾經說「詩人永恆的成就，建立於他存留下來的作品」，這句話可以說最公允也最具體，詩人作家的令名能否成立全在其作品是否能經得住時間的檢驗。因此秀實面對此五篇具代表性，可具體分析發揮的文論。除〈艾華林詩歌詞條十則〉係採逐條像釋義樣的予以簡析外，其他四家則採學術論文式引經據典，條分縷析，作挖深織廣的深度廣度探討。這裡面在首篇〈這五首詩──成龍三十而立〉中，一起始便對〈候診室〉一詩認語言極其精湛，無論分行分段都抹殺不了其藝術價值，為他「詩唯語言別無其他」作了強力例證，然到第二首〈清遠的雨〉他即毫不保留的認為「行旅的詩篇多是平庸之作，因其未擺脫「記事」與「寫景」的思維束縛，不能直戮外在事物的核心」。這是一個負責任評論者的好心，不怕傷人的處理態度。

〈詩卷裡的這一個城〉是秀實讀廖令鵬詩集《蓮續的城》的一些印象。秀實在廖令鵬描寫一個叫「南頭」城區，其為時間光影留存的一首中長詩讀後，他認為詩人在這首詩中，表達了詩歌作為人文關懷的一種力量。對所謂科技文明，對所謂發達城市的一種潛在抗爭。不由得在詩中作沉重的感嘆，「城市人已不如牛」。其實這種古老城區的蛻變，由鄉土樸實改造成觀光城市的奢侈繁華，正是許多欲走向「開發」國家的宿命，豈止如廖令鵬在詩中所感嘆的「子民不讀詩歌」。

　　〈詩心與詩象〉是秀實為女詩人阿櫻的名篇〈水塔〉的細微剖析。〈水塔〉是一首非常有新穎感，創意十足，其逆向操作的語言令人讀來有趣味的詩。譬如「把升高的水塔疊起來變成道路／把溫情的水蓄在身上變成河流」，這都不是一向只有線性思考的一般人所能想得出來的點子。秀實以「詩心與詩象」為題來討論這首詩，他引《文心雕龍》中「在心為志，發言為詩」來感嘆，現在太多只重後四字「發言為詩」，而忽略「在心為志」，也就是認為只要耍點技巧寫幾句便是詩，而沒把「心」放進去。詩成了空心大老倌，那是不能成其為詩的。他認為阿櫻的〈水塔〉是一首有詩心的作品，既得詩藝復有詩心，經得起他細微的剖析。

　　〈楊克詩歌閱讀札記〉是秀實「止微室談詩」的壓軸篇，也是唯一論及內地重要詩人的一篇。其份量當是非同小可。楊克由詩入仕變成大陸詩人中的中壯派，秀實藉詩求證其原因，他以楊克所寫處理生活的詩〈寒流〉和表現對大我、摯愛的〈我在一顆石榴裡看見了我的祖國〉兩詩來證實楊克處理詩的非凡能力。就〈寒流〉中「白熊」這一象徵手法的意象出現，他認為這是一個精警的述說，寒冷掏空了生命的實在，「我只好用布嚴實裹住自己／也笨得像頭熊」。寫出了人與自然那種相依的微妙變化。熊本來是兇惡的象徵，臨到危難也不得不裝「熊」一下以對抗另一危難。至於寫對大我摯愛的〈我在一顆石榴裡看見了我的祖國〉一詩，秀實以語重心

長的態度說：「謳歌祖國的詩章難寫，因為詩歌作為人類精神的標高點，有其反建制反權力的訴求，也是詩在物慾賁張下的存在價值，欲成為大詩家必得在思維上具走向反建制作人文關懷的路向，楊克選擇了這種高度，寫出使人掩卷難忘，思想與語言配合得極好的謳歌詩章。」秀實並在文末說，楊克詩歌因其語言掌握恰如其分，富於人文關懷，為迷陣般詩壇開了一個逃生口。我是非常信服秀實這種觀點的，因為我也是一個只認詩不認人的旁觀者。

2016.7.26.

目次

【臺灣篇】

把古鈔變成現款
談余光中〈與李白同遊高速公路〉

〈與李白同遊高速公路〉是詩人余光中1985年的作品。余光中
以李白為吟詠對象的詩篇，除了這首外，還有〈戲李白〉〈尋李
白〉〈念李白〉等諸首，但相對而言，以這首最廣為人知，也僅是
這首，詩人不直接的寫李白，而借這位古代大詩人來嗟嘆現代人心
的現實，其勢利處甚而不利詩的生長。

〈戲李白〉搬來了宋代大文豪蘇軾為之相映，蘇軾的傲可比李
白的狂，隔代相逢，相映成趣，自是一番新貌。詩人戲筆，便成佳
章。〈尋李白〉則是古事新寫，寫李白從狂而仙，抓著了詩仙生前
的狂，給了他遁隱為仙的歸宿。經營文字，措置典事，轉圜跌宕，
已成風格。

> 只消把酒杯向半空一扔
> 便旋成一隻霍霍的飛碟

　　詭綠的閃光愈轉愈快

　　接你回傳說裡去

　　〈與李白同遊高速公路〉臚列典事，卻絕非古事的新寫。詩人首先假設與李白同車，馳騁於現代台灣的南北高速公路上。這是一種「想像的假設」，「場景的虛擬」，予讀者「虛而不實」的感覺，詩人敢於挑戰高難度，起得奇險，成敗則在乎往後的發展。

　　「場景的虛擬」是現代詩一種普遍的寫法，其情況愈演愈烈，錯置交雜，無奇不有。這種「後之視今猶今之視昔」的時空置換，正是成就詩歌藝術深廣的法門。古人放逐現代便猶如今人置於未來，其理相同。問題是，詩人要藉此表達甚麼？這才是讀者所關注的。〈與李白同遊高速公路〉飛流直下，共46行。李白當然是蔑視法紀的狂詩人，酒後駕駛、超速、無證行車等他當然不會在乎。這便惹來了奉公守法的詩人的勸說：

　　——啊呀要小心，好險哪

　　超這種貨柜車可不是兒戲

　　慢一點吧，慢一點，我求求你　　　　　　（第13-15行）

　　——咦，你聽，好像是不祥的警笛

　　追上來了，就靠在路旁吧

　　跟我換一個位子，快，千萬不能讓

　　交警抓到你醉眼駕駛　　　　　　　（第24-27行）

　　站在現實的角度看，是詩人對李白的「不羈」與「法盲」作出了戲謔；但若是站在詩人的角度看，卻是李白的「狂傲」與「蔑視建制」反照出詩人的「循規蹈矩」。那成了有趣的「叛逆」與「妥協」的映對。這種映對也是貫串全詩的基調。賞析此詩，不能忽略。

　　因為時代的不同，也因為性情稟賦的相異，李白漠視功名，敢於叛逆封建社會，最終落得流放夜郎病逝當塗的下場；而作為一個現代詩人，余光中則難免因緣爵祿，只能與建制社會妥協。一經映照，便凸顯古今詩人風骨氣度的落差。但這也是無可奈何的事。

　　因為與李白同車，在內容的剪裁上便揉雜了古今事典，這種古今事典的揉雜情況並不盡同。「汪倫相送」，「安史之亂」是純粹的古典；「武俠小說家古龍因酗酒逝世」（詩裡雖未明言，但余光中在岳麓書院演講時曾揭示寫的是古龍），「史匹堡攝製科幻片」則是今事；而，「〈行路難〉〈蜀道難〉的版權官司」，「王維出輞川汙染座談會」卻是揉合古今。詩既是運用時空的錯

置，懂詩的人便不會執著時空的倒行逆施，而注重這種錯配誤置的
藝術效果。

　　再細看，值得關注的是，在李白九百九十多首的作品裡，為何
余光中單舉〈行路難〉〈蜀道難〉兩篇。難道李白的詩篇值得「盜
版」的只有這兩篇？熟讀這兩篇詩的人會知道，其共通點是反映現
實人心的勢利艱難及自嘆請纓無路。〈行路難〉有句云：

　　停杯投筯不能食，拔劍四顧心茫然。
　　大道如青天，我猶不得出。
　　含光混世貴無名，何用孤高比雲月？

　　余光中這首作品同樣具有對現實的嗟嘆，但重點則放在詩人
上。他借此抒發了罕見的牢騷，一是在駕駛跑天下車馳騁高速公路
的科技世界裡，詩人的社會地位卑微。一是法網恢恢的社會裡法例
卻輕視了詩人的作品，缺乏應有的保障。且看這些詩句：

　　詩人的形象已經夠壞了
　　批評家和警察同樣不留情
　　身分證上，是可疑的「無業」　　　　　　（第29-31行）

> 出版法那像交通規則
> 天天這樣嚴重地執行？ （第41-42行）

　　能成功的把古典用於今事的詩作並不多，常見的是對古事舊典生吞活剝、胡亂置配而美言飽學的作品。余光中說過，「古典文學是一大來源，如果能夠活用，可以說取之不盡、用之不竭。不過要活用，就是要能化古為今，否則古典的遺產就變成了一把古鈔，沒有用，要化古為今，古典遺產才能變成現款」。這首〈與李白同遊高速公路〉運用古典，結合今事，無牽強的燴雜，無炫耀的堆砌，從此觀之，無疑是成功之作。

　　〈與李白同遊高速公路〉在述說事理以外，更蘊含深意，即現代社會已不會再出現像李白那樣的偉大詩人了。社會建制，法網縝密，商賈抬頭，人心勢利，處處難容一個詩人。這是個詩人窮途的時代。余光中在戲謔狂詩人之餘，難免傷人自傷，雖不沾酒，卻借李白酒杯，澆自己心中塊壘。

現代詩歌與傳統自然
葉莎詩作選讀

〔一〕

　　說到詩歌的傳統，確是一件困擾詩人的事。詩人胡桑寫過一篇叫〈與傳統的野合〉的文章。當中有說，「傳統已經不再是意義和價值的源泉。歷史的記憶被蓄意塗改，那條被叫做傳統的錦鯉已經在當代的思想廢水中嚴重變異，失去了優雅且面目全非。」

　　T・S・艾略特在〈傳統與個人才能〉裡指出，傳統成為一個備受誤解甚至被誣衊的詞語，傳統成為了盲目的因循守舊，或者陷入反面的不幸——這出於對傳統的疏離而刻意標新立異。

　　現代詩歌因反傳統而出現。經過接近百年的探索，許多的詩人開始「華麗轉身」，通過了作品而回眸那古老的傳統。

〔二〕

詩人對自然的態度，或說詩人創作上的「自然觀」，是傳統的一個範疇。古代文人生活上對自然既敬且畏，思想上則追求「與萬化冥合」的境界。如柳宗元〈始得西山宴遊記〉裡便有「心凝形釋，與萬化冥合」之句。

城市崛起，科技與商業如兩頭馬車，並駕齊驅。人雖不至與自然隔絕，但因為生活方式的變改，與自然的關係卻有了不同程度的阻隔。自然是一個大環境，當然無處不在。辦公桌上一盆黃金葛，牆沿上一隻小壁虎，與及簷角的滴漏，高樓割裂了的天空……無不是城市人所接觸到的自然。

但這種與自然的關係，與古人已大相逕庭。這根源於對土地的依賴。古人靠山食山，休戚與共；城市人則嗜財好貨，屯地致富。兩者對土地的情懷與感覺，自是大異其旨。今人如果說「物我兩忘」「天人合一」，便彷若天荒夜譚，也不切實際。

對自然的書寫，除了承襲傳統之外，現代詩人也得另謀出路。

〔三〕

　　臺灣女詩人葉莎的《人間》，是一部詩與攝影的合集。當中收錄了詩作57首，大部分是以一詩一圖來編排，閱讀的方式是兩種藝術的「互比」或「互補」。詩人敏感的心眼常觸及城市邊緣的自然。這種對自然的發現，是沿自傳統詩歌裡的自然觀，即始於物我間的欣賞而終於相融或相忘。試舉一些例子談談。

　　〈草山月世界〉（頁66）有3節11行。第二節寫詩人對自然的欣賞，詩句裡的感悟是由欣賞而生。第3節則是人與自然相融為一了。

　　　　我檢了一些流動的風

　　　　和堆積的雨水

　　　　躺成多風情的湖面

　　　　就這樣攬你入懷

　　　　所有的歲月

　　　　盡是曲折回腸的句子

　　　　等待旅人來翻閱

〈聚散〉（頁75）共3節僅5行。第一節詩人發現自然的奇妙，描述黑夜降臨的自然變化。第二節特寫一株水草。水草靠過來聽搖動聲，實情是我靠過去，聽到水草在晚風裡輕輕搖動之聲，已臻物我相融之境。第三節詩人誇張地表達內心的激動，「江河」意義上已非眼下景物，這又從自然裡脫出來了。

　　羊群聚攏
　　黃昏，卻靜靜散了

　　一株水草靠過來
　　聽我，搖動的聲音

　　心中一條澎湃的江河

當然這只是葉莎詩集的技法一種。對自然，有時可以是一種近乎哲思的戮破或參悟。而這更接近都市人對自然的態度。像〈夜是一個囊袋〉（頁57），共3節8行。詩人夜裡思念她的一個窮友人，手法極其新穎。事物是古舊的「囊螢夜讀」，精神卻是現代的。

妳說窮，買不起燈
我遂將黑夜束成囊袋
裝滿流螢，贈你

將自己也裝進去吧
聽你朗讀，靜待黎明
並想像被野放

再相見時，身上有傷
整個夜晚我被光明衝撞

〔四〕

　　應對傳統自然，現代詩歌的其中一個路向是，回歸「身體書寫」。肉體是最為接近我們的「自然」。當一個作家或藝術家把其肉身視作自然的一部分時，其書寫便不會落入庸俗或情色之中。

　　肉體予詩人的感受是最為切身的。這一切感受，可用「痛並快樂著」五個字概括。這種感受，源於官能的反應而終於對存在的醒悟。因為身體是會衰老的，終回歸為大自然塵土。詩人書寫身體時，如果能仔細感悟，必有各自不同的發現。

〈不言〉（頁89）相對於其他作品，我認為是比較優秀的。詩人對應自然，回歸到自身的肉體去。詩共3節11行。各節之中均有一個「關鍵語」，即第一節的「腐朽」，第二節的「體香」，第三節的「聞」。詩如後。

　　在腐朽之前
　　讓我們望著同一座大海
　　時光順流而下，悠悠蕩蕩
　　沉默的小船靜靜聞著芬芳

　　該如何隱藏我的體香
　　我曾放置餌在春天的牆
　　等待你，像魚兒等待貓的貪婪

　　妳若貼近雨，就能聞到時光
　　如大海聽見小船的呢喃
　　而我，多害怕風來
　　將往日一掃而光

詩人置身自然中，以「肉體」即一種與生俱來的本能，來作出

應對。這是科技戕害環境，商業侵蝕人心，現代詩人對自然的一種「回歸」。第一節詩人感到自然潛伏的力量，因為體力或其他原因，她有了「腐朽」的感覺。第二節省略了具體的事，詩人寫出了她私下的情愫。以「體香」誘惑異性，原是許多動物的本能。生物學家發現這是體內荷爾蒙產生的氣味，來尋找伴侶。其情況就如貓之於魚腥。第三節說「聞到時光」，便是一種直接的身體反應。因為時光總是使所有的趨於崩壞，散發出腐朽的味道。從技法到內容，這無疑是詩集裡一首傑作。

〔五〕

書寫自然是詩歌永恆的母題，因為人的存在離不開自然。古人那種對自然的懷抱我們已不復存有。那是因為文明的進程向科技和經濟拐了彎。雖則推窗迎風，閉戶下雨。家中發現蟻螻，街角遇見綠化樹木。但人心與自然的距離，既是遠了也是變改了。許多詩人因之回歸於身體的寫作。當然有的等而下之，在「身體寫作」的同時剔去了思想的刻度。但優秀的詩人明白，詩歌寫作其實就是考量我們深刻的思想，發見浮泛世相背後的真實境況。前引葉莎的作品，容或未臻佳境，卻是一條蹊徑，值得借鏡。

〔參考文獻〕

《人間》，葉莎，出版：桃園劉文媛，2015年5月版。

〈與傳統的野合〉，胡桑，見詩生活網poemlife.com。

〈從「傳統與個人才能」中解析T‧S‧艾略特的傳統觀〉，馬全峰，見
　　《文學界：理論版》2010年第4期。

閑芷詩筆記

　　70年代我就讀台灣大學。那時的中文系課程，既沒有現代文學，也沒有西洋文學。是純粹的國學與文學的訓練。我們讀「文字」「聲韻」「訓詁」，讀《淮南子》《義山詩》。但同學間卻往往不囿於課程設計的局限，讀起外國文學的作品來。那時流行的是日本芥川龍之芥的作品，和《麥田捕手》《西線無戰事》等的西洋小說讀本。後來進一步接觸西洋文學理論書，是一本叫《現代文學批評面面觀》（Sheldon N Grebstein著，李宗懂譯，台北：正中書局，1978年）的小冊子。那是我西洋文學理論的啟迪之門。

　　我一直認為，創作的人應同時關注理論，因為那是一種思想的提升。令主觀與狹隘的情感得以優化。因為感情穿越了思想與語言成為詩篇，才能掙脫個人的囚籠，抒寫欄柵外屬於個人的綠林與藍空，才開始具有不朽的條件。西方文論有此一說，真正的詩歌不啻是個人的傳記。前述的《現代文學批評面面觀》中有一章談及「歷史論批評家」，當中引德萊登Dryden的說法：「每一個詩人多少都

是屬於一個時代。」兩者實互為牽引。詩,文本若與時代脫鈎,即
歷史會留下時代,而把詩湮沒。

　　羅埃‧哈威‧皮爾斯Pearce, Roy Harvey強調:「要研究一種文
化,就要研究它的詩。要研究它的詩,就要研究它的語言。」閑芷
詩的語言如水,寫意流暢,淙淙錚錚,婉曲動人。但其水質屬硬水
hard water。「硬水」為化學名詞,指含有礦物質逾一定數值的水,
雖不影響人的健康,但會帶來生活上的麻煩。今天閑芷詩的語言,
略含雜質,雖不致影響詩意表達,但仍未臻佳境。藝術(語言)的
追求,不能就此安於現況,總得挑戰更大的難度。那是詩歌不斷尋
求一種最佳的「述說方式」,以對應於詩歌本身,又對應於這個時
代。其最高的層次,即便是在這個時代底下,為「事物」命名,重
組「秩序」。在「失名」與「命名」之間,在「失序」與「秩序」
之間,閑芷也寫下了這些動人的詩句,「濕潤的淚決堤,從此難
休」(〈梅雨〉),「將思念寫滿整夜的白」(〈雪花〉),諸如
這些。值得注意的是,詩卷裡的「祕密的小花園」,指涉多種不同
的植物,詩人重新認知,託物寄意,有異俗流。「殘荷」當然觸動
人心,但閑芷卻不甘於那種對歲月的抒懷,「你說記憶太遠/我們
彎腰尋找倒影/企圖挖掘前世相戀的痕跡」(〈殘荷〉),荷淨不
過一季,一季竟便是前生,如此竄改時間,令人拍案拍叫絕。而荷
塘汙泥之下,即便是蓮藕,如此暗合天成,妙到毫巔。此三句,前

面改寫「秩序」，後面重新「命名」。其詩歌語言的功底已見。

網絡化的普及令寫詩更趨便捷，但好詩也愈難尋。網絡逐漸消融了國與國間文化的差異，其情況尤其見於新興的國家，古老文化成了抵禦網絡同化的堡壘。可以預見，未來大詩人的誕生，會出現在具有古老文明的國度之中。中國詩人贏得諾獎，可以預期。這是脫軌之論。但當世詩人，如何應對科網，卻是值得深思的。這是其一。大千世界，紅塵滾滾。離不開財貨，脫不掉食色。都市物慾橫流，詩人如何安身立命。這是其二。這也是柔弱的閑芷必得面對的嚴峻考驗。詩卷裡「舌尖的思念」，是一個女子的人間煙火。閑芷的飲食詩，總是始於口腹之慾，而以芳心寂寞為其抵達的終點。「涮涮鍋」應是指可供一人用的火鍋。詩末「玻璃窗外飄過寂寞的白雲／而我，是最靜的那一朵」，盡見熱鬧裡的孤單。〈蛤蜊雞湯〉的「沉默於薑片忍不住的春天／學習寂寞也是風景之一」寄寓了春心寂寥。〈焦糖瑪奇朵〉的「每一杯咖啡都有心情／只有寂寞的人懂得」，無不如此。寂寥以外，盡皆思念。那是便詩人的安身立命的方式──以柔克剛。

閑芷詩因為深情，所以柔弱不死。詩卷裡〈你在，於是我在〉是其傾情之作。詩21行，6-8-7共3節。起節太盡，「我多想彎曲成一枚胸針／穿透如此貼近你的距離／靜靜記錄心事起伏的曲線」，所以極險。二節極盡迂迴，尋找出路。讀詩的經驗告訴我，末節她

會失手，落入軟弱無力一途。但竟出人意表若此，「而你一定是／一定是書寫我的句讀／讓彼此相遇成為最動人的詮釋」，有如平衡木的選手最終立在那狹窄的木條之上，展現其妙曼之姿。

除了作品（其文）與美貌（其人）外，我於閑芷一無所知。但這對評論，無疑是個優勢，讓我可以更客觀地看待她的詩歌。「美」不能排斥有它的主觀偏差。但於「美學」有相當認知的人，往往不會輕易用「見仁見智」這個粗疏的詞語，和稀泥地去為醜陋或平庸塗脂抹粉。閑芷詩當然有她的不足，但其詩源自本性，質地沉實，技法不一，是具有美學的考量。

略談瘂弦的〈鹽〉

　　散文詩的啟軔與新詩同期。1918年1月《新青年》第4卷第1期上發表了9首白話新詩，當中便有沈尹默的散文詩〈鴿子〉。胡適於1920年出版第一本白話詩集《嘗試集》，相隔七年。魯迅於1927年出版第一本散文詩集《野草》。如果現在還有人說，散文詩是新興的文體，這無疑是昧於歷史的謬論。

　　不像新詩（分行的白話詩）這種傳統的文體，散文詩因其亟欲於兩種文體中去蕪存菁，實踐的文本text中乃出現「傾斜」的現象，故而導致「歸屬詩或是歸屬散文」的迷思。如果我們認同散文詩文類的「獨立性」，即這種爭論並無意思。散文詩確然是一種獨立的文體，並且具有相當高的藝術技法與審美要求，故而容易招致「外行者」的排斥。前者為文學理論的探究，後者則是文學的文化現象。論者宜作區分。

　　而詩壇上現實的情況是，散文詩大量的文本，只是一些平庸的抒情散文。當一種高規格的藝術品出現粗製濫造，便意味著「品

牌」的沒落。法國波特萊爾的散文詩集《巴黎的憂鬱》在西洋文學享譽百年，至今仍為詩人們津津樂道。因為它給西洋小品帶來了內容和形式上的「革命」。故而當前的急務是，重塑散文詩的品牌。散文詩人可以做到的是，一、把作品寫好，重質不重量；二、不推介不吹捧平庸的作品；三、編纂優質的散文詩選本。

　　瘂弦在《早春的播種者》中論及劉半農時，說：所謂散文詩，乃是以散文體裁所寫的詩，在本質上是詩，而非散文，這個認識，劉半農自然是知道的，朱自清也是知道的。因此劉寫了〈雨〉和〈墨藍的海洋深處〉，朱寫了〈匆匆〉，二者都成了散文詩的典型作品。（《中國新詩研究》，瘂弦，台北洪範，1981年）這裡瘂弦說「本質上是詩」，而不說散文詩歸類為詩，是有道理的，正如故事性強的散文不歸類為小說。散文詩乃獨立文類，不作歸類。故此，瘂弦後來寫了〈鹽〉。

　　二嬤嬤壓根兒也沒見過退斯妥也夫斯基。春天她只叫著一句話：鹽呀，鹽呀，給我一把鹽呀！天使們就在榆樹上歌唱。那年豌豆差不多完全沒有開花。

　　鹽務大臣的駱隊在七百里以外的海湄走著。二嬤嬤的盲瞳裡一束藻草也沒有過。她只叫著一句話：鹽呀，鹽呀，給我一把鹽呀！天使們嬉笑著把雪搖給她。

　　1911年黨人們到了武昌。而二嬤嬤卻從吊在榆樹上的裹腳帶上，走進了野狗的呼吸之中，禿鷹的翅膀裡；且很多聲音傷逝在風中：鹽呀，鹽呀，給我一把鹽呀！那年豌豆差不多完全開了白花。退斯妥也夫斯基壓根兒也沒見過二嬤嬤。

　　這不足250字的文本，我們既無法說它是詩，但也絕非散文。這就是散文詩的「真身」。當還有人昧於新詩發展史上的事實，否定散文詩時，優秀的文本便是強而有力的無聲抗辯。

【港澳篇】

風吹過了，殘留著樹影
讀丁平詩

　　香港五、六十年代的前輩詩人，丁平和何達比較為人熟知。兩人都曾任教於大學校外課程部。丁平在香港大學的校外課程講授台灣詩歌，何達則在中文大學校外課程部講授三、四十年代的中國新詩。相比於積極參與「香港作家聯會」活動的何達，丁平則更為低調。他鮮有參與本港詩壇的活動，而更多與台灣詩壇聯繫。早年香港詩壇，外來或本土的意識形態區分，並不強烈。丁平的這種低調，可以解讀為：詩人始終以外來者自居，不融入本土詩壇。

　　我上過丁平老師的課。

　　丁平在台灣詩歌的研究上，有點傲氣。他曾公開的說，對詩人余光中詩歌論述的深入，就連余光中本人也及不上。這是個值得探討的文學評論的議題。有時評論家較之詩人自身，總能更清楚創作的來龍與去脈，這緣於主客兩方不同的觀察。那時，余光中剛出版了詩集《白玉苦瓜》。在華文詩壇的聲譽日隆，但在香港的影響力

仍未顯著。課堂上丁老師論述余詩，頗有捨我其誰之氣概。

　　丁平的詩，優雅淡定中顯露了相當的自信。這直接令他的詩歌在用詞上予人耳目一新的感覺。小詩〈漏月〉分節是7：1，而詞藻不落俗套。且看〈漏月〉一詩。

　　一盤冷色

　　突自露台上，經

　　筲箕的方格漏下

　　點綠了萬年青的肥脾

　　一掌掌都貼上了白花

　　反射在周邊的坭石上

　　隱隱吐光

　　我臉頰上的河套也貼滿了

　　　　　　（1999年3月1日夜，草於九廣南下列車一號廂內）

　　深宵在疾馳的火車上，月色給籐做的窗欄篩漏成白花，照在桌面的萬年青葉子上，也照在詩人的臉頰上。在若有若無中，呈現淡淡的愁懷，而這種愁懷，是因為這次北上的旅程引起。回程中，月

色勾起詩人的感慨，或離愁，或傷逝，全詩意境深邃，雋永動人。

　　旅途中容易有詩的情懷，是自然而然的事。因為詩人的血液便流動著一種叫「流浪」或「放逐」的因子。〈妳不能再睡了——致遲返的孤鷺〉也是「自九龍上水乘火車南下九龍市區」這段旅途的感想。詩人途經大埔墟站，看見一頭白鷺孤棲樹梢上。「形孤且倦，似有無奈之思，遂以詩寄之」。全詩三節，8-8-3共19行，如後：

　　　　是將醒未醒的歲月

　　　　在樹梢上

　　　　妳呆立，右眼以

　　　　翅膀掩蓋，命

　　　　左眼等待，等待

　　　　臉頰的淚痕枯竭，而

　　　　遠方的訊息杳然，連

　　　　風哨也寂逝

　　　　是似暖還涼季節

　　　　冠頂上散散聚聚的精靈們，已給

　　　　雲塊吞掉

妳記著
在溫風到過的地方
就會溫濕妳皮毛的汗液
當妳回首北返時
心力已衰退

妳屬白族而懼白
醒醒呀，今夕
妳不能在靜寂中再睡去！

　　那個年代，能寫出「妳屬白族而懼白」這樣的句子，應屬鳳毛
麟角。首段寫白鷺的「左眼」「右眼」，更是詩人「非常態」的觀
察。客觀的情景是白鷺把頭埋在右翅膀底下，那是白鷺鷥的習性，
而詩人竟能寫出如此句子。這既緣於詩人的悟性，也是詩人見白鷺
而自憐的「常態」表現。天地茫茫，一頭在季節中落拓的白鷺，也
是詩人自己。

　　丁平的詩，不追求華詞麗句而有語言精巧的優勝處。一般詩
家，耽於語言的新奇，往往因辭害意，脫離了內心的真實。有人
說，「詩是詩人的良知」。這個「良知」，既不屬道德，又屬於道
德，而無論如何解讀，均可以視為詩人內心的一種直感，超乎世相

的直感。詩句如能直戮內心那種直感，語言便自然而然的臻於新
奇。也有詩人說，「詩歌到語言而止」，如果屬實，語言的終岸便
是「良知」。語言在詩人手裡，如不同情狀的袋子，優秀的詩人把
世間的所有都可以納入他的袋子裡，而平凡的詩人要挑選不同的袋
子，包括形狀、顏色、大小等，方能容下他要表現的東西。其相去
若此。丁平〈寒食的黃昏〉有這樣的句子，看似平平無奇，而慢慢
令人震顫：

> 四月
> 你在一次星空下羽化
> 化成冰雕　化成一串
> 無目無耳無口的
> 西嶽

　　這首詩寫對妻子的懷念，那種「大哀無淚」的激動，給詩人寫
出來了。詩人不假思索，直戮內心，流露了獨一無二的語言。我常
以為，早年詩歌語言的「淺」，是我們這群詩人在這個年代的一種
錯誤觀察，這還包括對三、四十年代那些知名詩人的評價。時代與
文體的發展對不同年代的詩人帶來不同的局限，這是治文學史者的
常識。但這種局限，是相對的、時代的，而非絕對的、永遠的。丁

平的詩，無可避免具有時代的局限，但卻無礙他寫下他優秀動人的詩句。

　　丁平留下來的詩不多，風格屬柔靭一路。他的詩句是動態的，如秋風中的柳枝，帶點悲傷，動人而可觀。我們在樹下走過，秋風去了，而我們卻記得那岸邊的樹影。

揚起的浮塵
談舒巷城

　　2003年香港高級程度會考中國語文及文化科試卷4甲部的「個
人短講」題目，出現了一首新詩，是舒巷城的〈賽馬日〉。題目是
這樣的。

> 「試替詩人舒巷城的一首小詩（節錄）起一個篇名，並抒
> 發你個人感受。」

上午，捧著一疊疊的馬經
這是最興奮的時刻——
他已經捉住了希望

而下午，一隻隻捉不住的馬蹄
踏碎了
他一個禮拜的好夢

然後黃昏

他離開快活谷

過一個最不快活的晚上

這首詩題為〈賽馬日〉，原詩4節，最後1節是：

賽馬日

騎師門騎著馬

而馬群騎在他的背上

　　以新詩為材料擬考題的情況非常少見，估計這位擬題員也是新詩的愛好者，才令此詩如一尾漏網之魚，出現在那一疊疊的考卷上。但考題所選取的新詩，也必是容易看得明白的，否則審題難度遠超考生的能力，便不是一條適宜的題目。〈賽馬日〉的淺出深入，無疑適合擬題。

　　這條題目要求考生完成兩項測試：一是為作品擬題，一是以3分鐘時間抒發閱讀作品後的個人感受。我主考的10個考生，所擬的十個題目是：「乘過山車的馬迷」「爸爸的約會」「小馬迷日記」「人生的縮影」「意義」「好夢成空」「做夢」「賭的短暫一生」

「從希望到失落」和「希望」。這都較原來的〈賽馬日〉遜色。其差別在，其他題目對詩的要旨有了明確的指示，而原詩題目可供讀者對詩作出各種可能性的解讀。因為考生未曾閱讀詩的最後一節，所以想法便有了差異。

這首詩形式分四節，但內容卻分為兩部分，即首節為前部分，寫一個馬迷在賽馬日從滿懷希望到極度沮喪的際遇；末節為後部分，寫出賭博或云是世間的一種哲理，即人們好像在控制著馬匹，其實馬匹也在操控著人。好比人們在花費金錢，其實不也讓金錢操控著自己？廣府人常說的「人騎馬，馬騎人」，便是個意思。

這首詩見於舒巷城《回聲集》。《回聲集》是詩人第二本詩集（第一本是1965年出版的《我的抒情詩》），1970年由香港中流出版社出版。他在序《一點個人的體驗》中道：「我是業餘寫作者，小說之外，雖也寫詩，但不是詩人，更無法做一個"不食人間煙火"的詩人；因為我活在人間而非天上。」但舒巷城為人熟知的詩集，卻是《都市詩鈔》，1972年由七十年代月刊社出版。

1996年，香港中文大學人文學科研究所黃繼持、盧瑋鑾、鄭樹森主編之《香港新詩選（1948-1969）》，收錄了舒巷城〈童話〉〈苔〉〈雨傘〉三首作品。古遠清在《香港當代新詩史》裡以六個篇幅去論述舒巷城，說他「這樣賣力寫香港都市的人生百態，像他這樣量多質精，較難找到第二人與他並肩。」（頁106）舒巷城確

然是以這個城市作為他的寫作素材，令他的所有作品充滿了地方迷
人色彩。他在〈自傳〉中說：「早年西灣河、筲箕灣是我的家和生
活基地。街坊上和那一帶的人事悲歡，為日後的小說創作提供過好
些素材。」小說如此，詩歌當然也不例外。

　　舒巷城祖籍廣東惠陽，即現在港人熟知的淡水鎮。那些千里迢
迢去淡水的香港人，在這歌舞煙花地，知道這裡也曾經出了一個很
能夠代表香港的詩人嗎？惠陽政府也應重視這種文化遺產，整理發
掘有關詩人在惠陽的遺跡。唐祈主編，一九九零年出版的《中國新
詩名篇鑒賞辭典》收錄了舒巷城的〈復活〉。那年舒巷城仍在，小
傳中介紹說：

> 廣東惠陽人，生於香港。1941年到1948年曾長期在內地過流
> 離顛沛的生活。1948年返港，一直從事創作，寫小說，也寫
> 詩，詩集有《回聲集》《都市詩鈔》等，《舒巷城選集》
> 裡也有部分詩作。

　　要知道詩人是如何的在那段動盪日子中顛沛流離，可參看關國
煊的所寫的《舒巷城（1921-1999）》。但〈復活〉是一首哲理詩，
似乎並不能代表舒巷城的詩歌風格。另一本收錄了舒巷城詩作的是
詩雙月刊出版社1995年出版的《中國現代詩粹》（珍藏版13號），

頁75有詩人作品〈無題〉。〈無題〉分兩節，乃詩人對生存的一點體現。

　　上海辭書出版社1991年出版的《新詩鑒賞辭典》頁854-855所選錄舒巷城的詩為〈山頂纜車〉。此詩是舒巷城詩作裡較為人知道的一篇。山頂纜車這種交通工具，為香港所獨有。詩人以此為題材，既是寫實也是寫意的。

　　　　它不能高飛

　　　　像那空中的鐵鳥

　　　　它飄泊於山上

　　　　戴著鋼纜的腳鐐

　　　　於是它爬行

　　　　在傾斜的歲月

　　　　看腳下的滄桑

　　　　於是它爬行

　　　　在十里的紅塵邊

　　　　看摩天樓上的斜陽

　　這首詩由孫光萱賞析。但某些地方顯然因疏漏而有誤。孫說：「從山腳往上望，山頂纜車的形狀就像「鐵鳥」一樣，對於初來

乍到的旅客來說，這無疑是頗為新鮮而又壯觀的景象。」說山頂
纜車像「鐵鳥」，顯然是閱讀詩句時的疏漏。這首詩10行，一氣
呵成，後半的兩個屬於詩人獨創的對山頂纜車的論述，才是詩作
精采之處。

　　舒巷城上承三、四十年代「香港文藝協會」詩人李育中、劉火
子對城市的抒寫，下開七十年代末某些本土詩人對城市書寫的探
微，乃至八十年代詩人也斯（梁秉鈞）倡導「城市詩學」的風潮。
在香港詩歌一脈相承的發展中，有不容忽視的地位。只是，現時仍
欠缺對舒巷城詩歌的全面研究。作為一個活躍於六、七十年代的香
港詩人，舒巷城無疑極具代表性。而這種代表性，非但見諸詩人的
生平事蹟，也在其作品內蘊的精神上體味到。和後來許多南來或海
外的香港詩人相比，後者人數倍增，他們踏足香港土地，置業成
家，筆下卻常回憶那些過去的日子，他們的目光常是回眸遠眺的，
卻甚少垂下頭來，凝望這片熱土。那潮濕、那溫度、那柔軟，他們
仍舊陌生。雖是揚起的浮塵，舒巷城也因之而倍為可貴。

抗命的精神
讀羈魂近作〈病體五題〉

　　香港詩壇是個荒誕的空間。這個空間內的詩人，常有莫名其妙的舉措。米蘭昆德拉和余華的小說都曾以寫實的筆觸對詩人作出嘲諷。詩人貪財嗜貨結黨營私，已是常態。那些安份寫詩，不求聞達的，卻反被視為「非常態」。羈魂，即為這「非常態」詩人之一。

　　識羈魂，瞬間已近四十秋。詩人寫詩辦刊，那種有為有不為，我一直於心而有定讞。與他相遇不少，交談卻不多。他的詩，可概括出兩個明顯的特點，一是「生活性強」，一是「語言機巧」。有個時期，他創作不多，成就了一段「空白」。而我一直認為，冗長創作過程中的空白，對詩人是極其重要的。這於詩人的思想和學養而言，是一種內斂、收納、沉澱和省悟，那是必需的。至今年六月，我看到他發表的一組作品，題〈病體五題〉。為之悚然一驚。驚覺時光無情，落得「人世幾回傷往事」的吁嗟。又驚覺其詩風渾然，頗有「庾信文章老更成」的境況。

　　詩附帶後記，先引錄：「年過六十，摩肩放踵，重目及膝，幾近百病叢生；內外交煎，何其窘困。今旅遊海隅，雖僅數週，仍不免微創之痛，復何言哉！回看故土，政改瞬息風雲，人心撕裂，病體如斯，寧不感然。草為此篇，既憂己身，復哉我城！知我罪我，惟在斯乎！」昔1977年於旺角鼓油街與山東街交界「美而廉餐廳」相見的青衫少年，今2015年已是造訪「詩寶」顧盼閒談的蒼顏老者。

　　〈病體五題〉為一組詩，指涉五種疾病。每首詩都是7行詩，其格式上有相類之處。一、詩的第五行都有一個沉重的歎息詞「唉」。二、詩的第3和第7行都是兩字成行。換句話說，這是白話詩裡的「格律體」。有關新詩的格律，一直是詩人所耿耿於懷的事。早期陸志韋、聞一多乃至後來的馮至、卞之琳，都有過對新詩格律的探討。包括借鑑外國詩歌，這是對詩歌傳統的一種回溯。但其基本的矛盾在語言。即方塊字的合律一旦解除，其所謂的格律已歸於語言本身。此時所謂格律，並無意義。徒流於過份的形式主義。個人認為，自由詩體追求格律，形神勢必離析，而惟有「象徵語」可以挽回。但詩人儘量在創作過程符合一種格律的外貌，也是符合解放詩體的「自由意志」的主張。

　　Jonathan Culler著牛津通識讀本之一的《文學理論入門》LITERARY THEORY，當中「修辭、詩學和詩歌」一章，是認識新詩的一篇重要文獻。它指出西洋詩歌的格律作用在，「通過韻律的

組織和聲音的重複，達到突出語言，並使語言陌生化的目的，這是詩歌的基礎。」這很明顯和我國格律詩如唐詩宋詞所追求的並不一致。平仄、對仗、押韻等格律規條，隨了與「歌」相關外，更是一種體現方塊字之美的所在。所以自由詩既已解放，則格律云乎哉！現時「新詩」與「傳統詩」並行，便是對格律與非格律的一個現象說明。

〈病體五題〉先寫「眼疾」而終於「足患」。全詩如後。

一、眼疾
血管這股民意
想不到一時疏導不來
右眼
竟驀地弄成如今的壅塞
矇閉中央視域，唉，
也永遠洞悉不了
核心

二、五十肩
以為年過耳順便可以
卸下兩肩重擔

誰料
頑硬的頸項仍要強撐
尚能勉強左轉，唉，
卻不可隨意右彎的
頭顱

三、高血壓
通過每次量測
滿以為一切正常
原來
那只是定時服用那顆顆
彈丸換來，唉，
終身擺也不脫的
維穩

四、膀胱石
是有幸還是不幸
滑落膀胱那枚
腎石
總算借助微創取出

誰想更大的憂患，唉，早暗藏
日漸增新膨脹那腺
前列

五、足患
安坐以後
為甚起來竟帶點疼痛有點
跛拐
針刺火灸藥敷光激
依舊未能根治，唉，
十多二十年來這般舊患
新傷

　　這無疑是一組精采的作品。詩人於個人的身體抒寫中，夾雜了對社會的寄情。修辭學上這是「雙關」。但詩歌講修辭意義不大，不過是一種技法的操弄。詩末就病患衰體有過多的傷春悲秋，反而出之以一種對生命的嘲弄。總結全詩，蒼顏白首的詩人，有眼壓高、五十肩、高血壓、腎結石、腿關節病等多種頑疾纏身，單看這些，無疑境況堪虞！但詩卻有「抗命」的意蘊在。而這種抗命的精神，並非明顯的「述說」出來，而是經由「述說方式」而來。這是

詩歌「表達和說服」與「模仿和再現」的不同。也即為其精神價
值所在。這令我想起蘇軾〈浣溪沙〉的「誰道人生無再少，門前
流水尚能西，休將白髮唱黃雞」。前面我說其詩風渾然，即便是
這點所指。

　　詩的政治關懷也是明晰的。這當然與某些「敏感詞」有關。
「民意」「疏導」「中央」「左轉右彎」「維穩」等容易令人聯想
及政治狀況或議題。但詩的重點並不在此。故末兩首的政治關連相
對減弱。詩人在創作過程中，念己身，及於社會，而知所取捨，乃
是一種清醒的生命觀照，不溺於濁水。

　　詩人晚年，創作已少。偶一為之，倍有驚喜。耐得寒冷，守住
詩心，乃是「非常態」詩人的共通點。讀佳構，羨佳人，故為文略
添正聲。

劍聲鏗鏘，落花寂寥
路雅武俠詩的一體兩面

詩人路雅以勇於嘗試作風多變而著稱於香港詩壇。我2013年編《大海在其南——潮港詩選》時，讀他的《劍聲與落花》，感到驚訝。

那是一輯包括七首16-21行內的組詩，依次為〈尋仇〉〈擒拿手〉〈這夜的燈火過後〉〈禪夜〉〈暗器〉〈決戰〉和〈冷目〉。詩以武俠為題材，可稱為新詩中的「武俠詩」。

從前唸大學中文系讀《史記·遊俠列傳》，有一句話給我留下極深刻的印象，即「俠以武犯禁」。意即俠士能「武」，而其學武的目的在不惜為蒼生請命而觸犯朝廷禁忌。後來涉足新詩，讀過台灣詩人羅青的《神州豪俠傳》。那應該是新詩裡第一本「武俠詩集」，時為1975年。

武俠詩當然有它的傳統，較為人熟知的作品是李白〈俠客行〉和杜甫〈觀公孫大娘弟子舞劍器行〉。〈俠客行〉可譽為武俠詩中

的經典。詩乃五古共24句。首8句便足驚天地泣鬼神：「趙客縵胡
纓，吳鉤霜月明。銀鞍照白馬，颯沓如流星。十步殺一人，千里不
留痕。事了拂衣去，深藏身與名」。無獨有隅，兩首都是善於發揮
鏗鏘節奏的「歌行體」。武俠詩是透過俠的題材而別有所指，不能
停留在武俠身上，這是我國傳統詩歌意蘊所在。像〈俠客行〉既感
嘆世道不公復不齒書生的軟弱。〈觀公孫大娘弟子舞劍器行〉則是
傷時序有異，人事蹉跎。其誘人的題材不過是風中幌子。

　　俠在人前是「劍聲鏗鏘」，在人後則是「落花寂寥」。這八字
是我讀路雅《劍聲與落花》所得，並暗合李白「事了拂衣去，深藏
身與名」的意蘊。組詩，當然環環相扣，而抵達同一旨意。詩與小
說的文體不同，武俠詩宜淡化恩怨情節（但不能沒有情節）而重彩
濃墨寫生命情仇。首章〈尋仇〉為全詩定調，也定題。江湖從此多
事。寫盡了「俠骨柔情」。次章〈擒拿手〉昭示生之無奈。縱能憑
絕世武藝叱吒江湖卻留不住芳心一縷。三章〈這夜的燈火過後〉改
以「定鏡」的手法，描述了俠客與愛人訣別的晚上。四章〈禪夜〉
延續三章的那個夜，由情而入禪，了卻塵緣以便無牽掛的去完成使
命，頗有「風蕭蕭兮易水寒」之意。五章〈暗器〉起筆非凡，「刀
背上的日子」一反上兩章所營造的柔情，「擦肩而過人海／誰把你
認取？」，言語力量由此可見，寫出那種曠世的絕對孤寂。六章
〈決戰〉為組詩之高潮。但詩人不落入小說的述說方式，而出之以

詩教的「溫柔敦厚」。可見路雅於武俠詩，是瞭然於心的。第二節「如狂風中一匹裂帛的悲嘯／自峰顛瀉落／成了滾滾的江流」，點到即止，武俠詩宜乎如此，知所輕重。俠客一生事功的成與敗，當在決戰之時。詩沒有明言決戰的結果，但末節寫紅袖添香，當知勝券在握。而悟出生命的真諦在「無求也無悔」。

末章〈冷目〉的首節，預示了的結局令人震驚：

> 那人走時
> 以冰冷的橫目
> 剪平了一片雪原的白

原以為俠客使命完成，悟出生命之所在。但江湖事並非如個人所願，讓一個帶著恩怨情仇的俠客可以置身事外。所以詩末有此一筆，讀者自是無奈惋惜：

> 活著只是一種等待
> 等下一刻驚恐的眼神
> 你的或他的
> 一閃即逝

　　這彷彿章回小說的「下回分解」，構思巧妙若此。但我這裡要指出詩裡的一個敗筆。即第三節第二行的「作為一個殺手」。那是對全詩精神的一種貶抑。因為「俠客」與「殺手」，其境界相去以道里計，何能並論於此！俠客「為國為民，心繫蒼生」，而殺手不過「為財殺人，見利忘義」。

　　路雅《劍聲與落花》，既有「刀光裡吶喊歸去」的劍聲，也有「一線生死竟隔著前世今生的朝花夕拾」的落花。但沒有執著於「劍的恩怨」，又何在乎「花的開落」。那是俠之大者啊！其呈現於世相中，有如文化上的一個圖騰，一體兩面，長久不滅！

　　武俠詩一直乏人關注。除了因為小說的廣受歡迎，也因為武俠詩實在難以輕易為之。路雅有心有力，寫下了這佳構名篇。我樂於為文薦之，公諸同好。

詩歌與人
讀李華川

〔其人〕

　　香港詩圈狹小，常見游走其間的詩人就那三、四十人，不過一個班級的人數。但要看清這個班，卻不是一件易事。因為詩壇裡的各個「社團」，其本質是封閉性的。而這種封閉的本質，反映了詩人對其作品欠缺信心，他們欲通過「圈子力量」和「鬥爭方式」去獲取聲名。這是香港詩圈的歪風。

　　在混雜的詩圈裡，有少數的詩人採取了「獨來獨往」的方式來應對。他們這樣的選擇，背後當然各懷有不同的心態。但其相同的結果是，同為詩圈所忽略。李華川便是這獨來獨往的詩人裡其中一個。

　　這些詩圈踽踽獨行者。不論其做任何事，都不易引來反響。李華川最近在臉書貼出「五十六年來你必須知道的十六首香港新詩」，強調是依據「個人評論品味」來取捨。但他並沒對其「個人

評論品味」作出解說。本來這些事功，最易惹來爭議。但詩壇出奇
地平靜。且看他列舉的名單：

01.陳昌敏〈晨·香港〉

02.陳德錦〈書架傳奇〉

03.秀實〈櫻子〉

04.鄧阿藍〈星期日星期日〉

05.鍾偉民〈捕鯨之旅〉

06.蔡炎培〈彌撒〉

07.路雅〈流浪者之歌〉

08.馬覺〈夜街〉

09.恆虹〈不要問過去多少年了〉

10.舒巷城〈這一家〉

11.胡燕青〈地車裡〉

12.馬若〈報告：埃塞俄比亞的人民〉

13.戴天〈一九五九殘稿：命〉

14.關夢南〈傷口〉

15.也斯〈雷聲與蟬鳴〉

16.李華川〈夏之飄揚〉

　　詩人的名單可爭議之處甚多。且不說遺漏甚麼詩人的名字、男女詩人比例的失衡等爭議。單就我個人的作品來說，選〈糉子〉確實令我莫名其妙。這首詩只是網絡上的「遊戲之作」。那時是參與朋友間的一個「詩歌競賽」，我用了不足五分鐘時間完成。而我其餘大部分耗費心力的作品，卻讓詩人走眼。

　　我常以為，寫詩為一件思想層面上的活動，而非單純的感情抒寫。所以，任何一個成熟的詩人都應有個人的詩觀或說是個人對詩歌獨特的見解。李華川曾提出十則「現代詩話」。我這裡不作逐一臚列。只列出第一和第五條，略作討論。

　　〔第一條〕現在的香港詩人，多求名不求詩。要是寫詩，
　　　　　　　則多求量不求質。
　　〔第五條〕詩，重於感覺，重於人生，重於生活。所有現
　　　　　　　代詩都不能脫離此原則。

　　第一條，這是詩人對香港詩圈存在錯誤的觀察。前後兩項言說是相互影響的。香港詩人求名重於對創作藝術水平的提高。這種說法我認為對香港詩人並不公允。那些獻媚權貴、逢源道左的詩人，畢竟只是少數。而相對沉默地創作的，雖為操掌詩壇話語權的「大咖詩人」所忽略，為數卻不少。李華川之外，我可以隨時列出一連

串的名字：鄭單衣、禾素、陳昌敏、江濤、馬覺、洛楓、路雅、羅少文、唐大江、林浩光、葦鳴……還有很多，他們都在安靜地寫作，相隔若干年後，拿出自己的作品向藝術發展局申請出版資助。僅此而已。浮躁的詩人，只是讓人感覺常在眼前掩映，給人以錯覺，以為詩壇都是嗜名好貨之徒。

　　第五條，說詩重於感覺，是一種不完整的述說。我以為「感覺」為所有人而非詩人獨有，感覺只是詩歌初步發酵的過程。我會把這種粗疏的詩話加以完整：詩源自個人的感覺，而對世相有所發現，並以個人的語言述說而成。香港詩人一般的毛病是，對照於一個平庸的生命，對「詩」的看待未有足夠的重視，以致不積極讀書，寫作態度未夠認真，所以少有優秀的作品。

　　我與華川，以詩相知，逾四十春秋。華川於詩，視為生命中之重。其不逐名利，以讓為先，為詩壇所罕見。而其人行狀獨特，不同俗流。只是香港詩圈，勢利有甚商賈。孤獨的身影，不能為自己為他人帶來現實的裨益時，自然為人所漠視。但要知道，詩人當下聲名，只是夢幻泡影。三五年前誰最火，誰立浪尖，今日已給人遺忘。詩，永遠是恆久的追逐。華川與我，當然知之。

〔其詩〕

華川詩歌創作有兩大特色，形式上以「短詩」為主。內容上以抒寫「感覺」的即興詩為多。

詩人說過，詩不在長短而在詩意。那當然沒錯。小詩，現在也有叫微詩的，始作俑者為冰心。她的詩集《春水》《繁星》便是五四時期兩本重要的小詩集。一般人以為這些作品的出現，是受印度詩人泰戈爾影響，但也有人指出，是源自日本的俳句。當然，說我國傳統的「五絕」，也屬小詩一派，殆無異議。這些作品因為篇幅的局限，比較傾向抒寫個人瞬間的觸感。或為哲理的「悟」，或為意境的「悟」，都尋求一種詩意上的純真。我個人對這些所謂「小詩」，並不苟同。要知道白話詩己脫離韻律，依仗語言。對語言的要求，便不能流於過分的簡單化，而應追求一定藝術刻度，方能延續傳統詩歌奧義的藝術性。現時的許多小詩，無論是哲理或意境，都只流於極其簡單的一個「意念」。語言平庸，意象陳俗。如此實在無甚足觀。華川於此，同樣失手，他有一首叫〈失眠〉的：

夏夜
我讀盡床頂上的天花板

　　全詩不過12字，少於一首唐人五絕。也當如是觀之。詩人另有一首〈夜的睡蓮〉，如後。

　　　　像一個羞答的少女

　　　　月色下妳披上面紗

　　　　向愛花者傾盡無限的戀意

　　這是一首三行27字的詠物詩。詩人意圖寫出睡蓮的美態，傳達一種美的意境。但詩意陳舊，欠缺創新。另一首〈綠〉，如後。

　　　　一池游魚

　　　　在綠的池水

　　　　賞綠

　　　　風吹不走

　　　　綠意

　　　　煩囂市塵一聲綠

　　　　涼透人心

　　七行28字。屬小詩之佳作。此詩不因小而欠缺架構，逐字安放

妥貼。詩裡前後有四個「綠」字，但卻無重疊之患。詩的焦點在一池綠水上，詩人有若莊周賞魚之樂。「市塵」相比於「池塘」，深化了藝術果效。

華川寫詩的經驗是即興。據他所言，是詩的「靈感」來了。這裡舉他的一首詩以作說明。詩人在快餐店喝咖啡，忽爾詩興來臨，便在餐巾上寫起詩來。詩題〈即興〉，如後。

> 以詩的無奈感嘆我的孤獨
> 世俗的詩園花花俗放迎風展現
> 而我是一朵不起眼的小黃菊
> 花開無聲，花落無聲
> 詩園裡我享受甘於孤獨的快樂

詩意很明顯，詩人抒寫創作上的孤獨，並以此孤獨為樂。要知道，即興是詩歌創作的里程，而非是詩歌創作的終站。所以任何的即興，或口占，都是一種初始的狀態，未成為完整的詩歌。詩人仍得反覆修改，苦思推敲，方為定案。不然即興便多流於粗疏。

華川是打工詩人。但勤於習詩，並以詩為志。他的很多作品，題材反映了低下階層的疾苦困厄。〈賣舊報紙的詩人〉是他自我的素描，我印象深刻。詩有「後記」：2006年下半年，我常存起舊報

紙，有一車時就拿去附近的垃圾站賣，每次可以賣到十五、六元左右。這首詩是我的現實生活寫照，如今重看，確有一番滋味。這裡錄詩如後。

寒涼深秋清晨六時

我拖著一車有二十多斤的舊報紙

朝垃圾站的方向走去

天剛亮，市和街還未睡醒

腳步聲和木板車輪聲

驚醒了人們

有人在窗前探望

一個人拖著一車報紙馳疾

穿越了時間

穿越了街道

穿越了人的目光

人們心目中的拾荒者

祇有我知道

節儉和環保

一車可賣二十元不到的舊報紙

可買四五個麵包

與家人分享
一頓快樂的早餐

　　這是華川詩歌的另一個面貌，也是我更為喜歡的。詩句平實，
以散文的筆法忠誠地書寫內心的悲喜。因為源自詩人獨特的生活體
驗，摒除雜思，不以詞害意，詩的感情更為真實。而詩的技法不
凡。詩的中段，詩人在書寫自我中，忽焉變換主客，曲盡詩意，而
情味更深。詩的收結，淡若輕描，著下「快樂」一詞，而背後幾許
辛酸。

　　山走陰陽，水分涇渭。我認為華川詩歌，應踏上此途。

談神祕詩學兼及西草之詩

　　我的創作以詩歌為主，但閱讀卻以小說為多。在個人的詩歌閱讀經驗裡，其比重依次為大陸詩歌、台灣詩歌，而後才是香港詩歌。

　　創作已堆纍了好多個年頭，以致個人對詩歌有相對固執的看法。那是一種年齡對思想的干預。由是讀香港本土年輕詩人西草的詩集《海灘像停擺的鐘一樣寧靜》有了相對主觀的批判。而這種批判，其實也可視為一種「代溝」。

　　很喜歡詩集名字。海灘是寧靜的，可能因為時間（凌晨）也可能因為空間（偏遠）。而「停擺的鐘」表示時間的停止，而這種靜止，為全本詩集定調。即生命於這一刻正在歇止；當然於哲學上說，這種剎那也是永恆。

　　詩集厚約250頁。內容結構與塔羅牌相關連。以「序言」「序幕」開始，詩的主要內容為「大秘儀的七個晚上」，始於「入境」而終於「出境」，最後即是「下場序幕：陰雨僻路」。為下一本詩

集留下伏筆。

西洋的塔羅牌TAROT為一種占卜術。維基百科的解釋是：「是一套類似於撲克牌的卡牌，通常有78張紙牌，是一種象徵圖像系統。它是源自15世紀中期歐洲各國廣為流傳的集體紙牌遊戲，如法國塔羅牌及意大利塔羅牌。由18世紀到目前，塔羅牌被發現用於神祕主義者和神祕學者占卜上，以至在心理和精神地圖的引路徑，作為反映個人生活的工具，以及幫助人們去沉思考慮的工具。」

值得探究的是，借用塔羅塔的目的。一是利用塔羅牌的結構排序去作詩集的編輯依據。二是詩的內容旨意與塔羅牌所傳達的意思相吻合。若是前者，則可視為一種編輯手法，與作品的關係不大。若是後者，則集裡的所有詩可視為一個整體，有如塔羅般對生命的未來作出探索和預言。

王穎慧在評論詩人楊煉的作品時，說（見《文化朝聖者的中國想像——楊煉詩美學探索》，台北：秀威資訊，2010年，頁109）：

> 楊煉使用的「神祕感」書寫基調，尚且合乎文化情理，但綜觀他的詩與詩論，其實曝出一個有待思考的問題。

這是個甚麼的問題呢！這是一個詩人以其深厚的文化底蘊（楊煉是藉《易經》）來詮釋生命的意義與未來。楊煉詩集的排序並無

與《易經》有任何相關之處。詩人西草所憑借的，卻是西洋的塔羅牌的排序。這與楊煉的顯然不同。

　　袁紹珊在序文〈詩的塔羅占卜與登壇作法〉中所說，正正為這作出背書：「西草的詩兼有香港詩歌共有的日常感、細密性，亦具理性和究問的基因，處處可見個人經驗、社會狀況與歷史經驗的糾纏，絲毫沒有左閃右避。」我雖不同意袁紹珊所說「香港詩歌共有的細密性」，正正相反，香港詩歌其中一個缺失便是它述說的粗疏。但她的話卻讓我們可以撇開塔羅的神祕迷思，而直接閱讀小西詩歌的文本。

　　評論家毛峰在《神祕詩學》（台北：揚智文化，1997年，頁124-125）裡說：

　　　建基於現代神祕主義之上的世界詩歌總秩序由兩股力量構
　　　成：由空間凝固性與暗示性的結構力量——文本神祕場和具
　　　時間流動性與爆發性的解構力量——語言神祕流合力而成。

　　與詩集同名的〈海灘像停擺的鐘一樣寧靜〉（頁93）為一組詩，分五章共70行。以毛峰的說法檢視，詩並不指涉任何神祕色彩。詩人以散文的筆法，述說一次勾留夜間在沙灘上體驗與思索。內容涉及社會現象，包括樓價高企、警察查證等。詩的末章末節如後：

> 你倚樹讀畢一本泰國詩人的英譯詩集
>
> 咖啡色眼簾的兄妹正合力重建坍塌的沙堡
>
> 仰首看長天通透無雲你知道
>
> 今晚正適合觀星

詩人外遊，在一個時空的距離上反思某些「我身」與「我城」的事件。雖雜亂無序，最終而回歸於「今晚觀星」。詩不以奇句僻詞取勝，也不以柔情見長，而展示了一種獨特的思考方式。

〈雨中蛾〉（頁207）分三節，2-6-4共12行。是集裡少有的短詩。詩歌創作的經驗告訴了每一個詩人。長詩與短章的差別不單在內容，更見於述說的方法。詩人觀察一隻雨中瀕死的飛蛾，沒有太多的悲情（濫情），而直戮於生命中無奈與無言。這是一篇佳構，因為語言的節約令詩人對述說技巧有了藝術化的處理。詩的首節兩行：

> 請把我曝露於荒野
>
> 然後把一切交給過分濕潤的冬季

詩人咬文酌字，推敲審慎。用「曝露」而不用「暴露」。用

「過分濕潤的冬季」而不用「冬雨」，可見其創作態度的認真。詩以蛾的角度來述說，託物寄意。詩末節如後：

> 我將用身體養活許多蛇蟲
> 在一個磷光閃爍的晚上
> 牠們在黑雨中茁壯
> 長出螟蛾的翅膀

這是一種對死亡意義的探討，是古詩「落紅不是無情物，化作春泥更護花」的現代版本。末句語氣堅定，確認了生命的「輪迴」與「重生」，反映了詩人的死亡觀。

西草詩歌風格輕，就如當晚那個沙灘中的氛圍。這是因為他善於思考，而觀察和述說都不夠綿密。綿密細緻的述說才使語言具有沉重的力量。這是西草下一本詩集要提升的地方。

談周瀚的後設詩歌及其他

　　周瀚出版了個人詩集《靈魂，在陽光中飛舞》[1]，收錄詩作凡百餘首。大略而言，周瀚詩歌的風格都有明顯的指涉，而極少築構一個詩境之美。雖知這是詩人詩觀的呈現與乎個人風格的執著，與詩藝的高下無關。但指涉過於明顯的詩作，只能是詩人創作過程中一個階段，自覺的詩人仍會跋涉而過，登陸「隱喻」的彼岸。創作到了一個階段，已無所謂形式的問題，詩人的思想帶動著他的述說，天然成句。集裡有一首詩作我極喜歡，那是〈鬍鬚地〉，它標誌著詩人現階段的詩藝高地。詩17行一氣呵成：

　　愛人，我多麼想躺在你的鬍鬚地
　　尋找南方刺人的溫柔

---

[1]　《靈魂，在陽光中飛舞》，周瀚著，香港：麥穗出版有限公司，2008年。文章引用的詩篇〈鬍鬚地〉，頁169；〈春天，我的孩子〉，頁28；〈墓誌銘〉，頁32；《死亡啟示錄》，頁190。

那密密麻麻的鬚根

是家鄉一望無垠的甘蔗林

鬚根上沾滿了青春的汗水

散發夏天泥土狂野的味道

飄蕩在鬚間的口哨聲

是淘氣的陽光在田野上跳躍

愛人，我沿著鬍鬚地滑行

觸摸到家鄉最原始的根

愛人，我躺在寂寞的黃昏

思念你粗獷的鬍鬚地

我多麼想在鬍鬚地架起高高的橋樑

連接無數個溢滿黑夜的等待

哦，那些短小精悍的鬚根

像隕石衝進地球的表面

進行一次有力而充滿憐愛的征服

　　讀這首詩，總令我想起馮至與鄭愁予的愛情詩來。馮至和愁予
創作相同的經歷是，動人的愛情詩都是在菁菁華年中完成，以後便
再也創作不了這些作品來。創作有時是件奇妙的事，「過了這村，
沒有那店」，說不清也不好說。周瀚這首〈鬍鬚地〉，有馮至般

「南方刺人的溫柔」的靈巧，也有愁予風「愛人，我躺在寂寞的黃昏／思念你粗獷的鬍鬚地」的稠濃。詩的收束過於顯露，也不過是美玉中的小斑點，瑕不掩瑜。

　　一般人喜歡以「題材」的角度論詩，並常因題材的偏側或揚或抑。我則以為題材只是藝術的外殼，斜紋與格子，各有所愛。對藝術淺嚐輒止的人，可以有其執著與偏好。但能深入藝術核心的人，則不以題材為痼。周瀚的作品題材的開闊，令我意外，其觸爪延伸至醜惡的政治與悲愴的低層，顯示了一個女性詩人獨特的襟懷與眼界，這是罕見的。對社會底層的關注無疑是一個普世價值，但以之為詩，則應具悲天憫人的懷抱。而這種情懷，得來卻非容易。周瀚寫礦工、寫珠三角的女工、寫撿垃圾的老人，都落入既定的人文框架裡去，沒有每個詩人獨一無二的那種悲天憫人的本質。說到底，詩歌忠誠於生命的歷煉，不論題材，均能成就傑作。〈悼念礦工〉的軟弱，其理在此。

　　另一個較為明顯的特點是，周瀚的詩裡，常扯及關乎詩歌的「創作者」「創作過程」「創作狀態」「創作困難」等問題。顯示詩人以其清醒的情況進行創作的活動，是屬於所謂的「智性詩人」。文學理論上所謂「後設」的說法，一般被認為是於文本載體上議論該文體的創作，如晚唐司空圖的《詩品》[2]，以二十四首

---

[2]　《「詩品」與司空圖詩學研究》，王宏印著，北京：北京圖書館出版社，

四言古詩表達不同的詩歌風格，有人便視為「後設詩歌」[3]。風格「典雅」的詩歌，司空圖以為是這樣的：

> 玉壺買春，賞雨茆屋。中坐佳士，左右修竹。白雲初晴，
> 幽鳥相逐。
> 眠琴綠蔭，上有飛瀑。落花無言，人淡如菊。書之歲華，
> 其曰可讀。

　　「後設」理論的運用尤其見於小說。渥厄《後設小說——自我意識小說的理論與實踐》中說：「這些作家的共通點就是，他們全都在通過小說創作的實踐在探索某種小說理論。」[4]周瀚描繪「靈感」、嗟嘆「孤獨」、譏諷「教條」、感懷「季節」、同情「草根」……背後無不表示她對創作的敏感和自省。執一廢百的詩人堅

2002年。

[3] 這裡的「後設詩歌」，和西洋文學理論中的「後設詩歌」的說法未必相同。陳亞平〈變構與方法：周倫佑「後設寫作」詩學研究〉中說的，「寫作中關於在廢棄模式與自生模式之間的「發現」。這種發現，將新的主題、結構、敘述方式、語匯從他的經驗之外形成自足的新結構。這種自足的新結構以無目標、非先定意圖、衝動性為其特徵，它是一種類似發生學現象的發現。」（見《中國藝術批評》）

[4] 《後設小說——自我意識小說的理論與實踐》，帕特里莎·渥厄PATRICIA WAUGH著，錢競、劉雁濱譯，台北：駱駝出版社，1995年，頁3。

持狹猛的目光，以偏概全，其間得失，在生之時實難以論定。周瀚〈春天，我的孩子〉中，對詩歌的本質，竟瞭然如此。這首詩僅僅以七行不足60字說明了詩歌誕生的情況，並作了「真實」和「孤傲」的點睛。

> 春天，我吞下了
> 喚醒我沉睡靈魂的鳥啼
> 昂然屹立在雨中的紅棉
> 懸掛在相思樹上的明月
> 生下了我那一群
> 真實和孤傲的孩子
> ──詩歌

周瀚另有一首〈墓誌銘〉，表明不悔於詩的追求，她因詩歌而尋得簡單的幸福。雖則在現實的世界裡，受著世俗汙染，為社會所邊緣化，但她仍至死不渝地親近詩歌。那形同生命的終究信仰的詩歌，與愛情一樣，令她感到天命對她的眷顧。

> 她的一生勤勤懇懇
> 像泥路上的小螞蟻

在理想和現實之間
搬動沉重的麵包屑

尋找文學不滅的燈塔
卻走進了世俗的胡同
懷著飛向雲霄的志向
卻荒廢在社會的邊緣

啊，上天沒有遺棄她
她在詩歌與愛人的懷抱裡
咀嚼陽光灑落在大地上
最簡單的幸福

　　張海鷗教授在詩集的序文裡，指出詩壇受傳媒的汙染，變得「浮躁」起來。寫詩求名，以名謀利，已成了某些詩人的共同追求。或因名躁而傲岸，或以名卑而忿怨，詩人們浮游集結成各個不同的詩歌幫派。詩歌核心的價值已蕩然無存。周瀚耽溺於詩，以致於自摒於詩壇之外。我忽然想及明劉基的〈苦齋記〉來，劉基談及他的好友章溢，擇極偏遠的山林隱居，甘願自摒於官場之外，而「人莫知其樂」。讀周瀚《靈魂，在陽光中飛舞》，穿梭文字間我

感到她那種不為人所知，潛沉著的愉悅和快樂，其在《死亡啟示
錄》裡，詩人說：

> 所有愛你和不愛你的人
> 在這一刻最安靜
> 你說
> 哦，這就是天堂

為詩一辯
讀謝傲霜詩作隨感

〔一〕

　　擠在狹窄詩壇的那些心靈，有的鬱結難紓，如沉溺在一個火熱的浮城中；有的漠然自若，如游走在陌生的街道裡。

　　令人納悶的是，詩沒有市場，我不止一次聽到這樣絕望的悲嘆：社會不重視詩歌，寫詩的較讀詩的人更多。只是我很不以為然，我認為這是詩人們一個錯誤的觀察。

　　以城市為文明中心的文化發展模式，形成了科技和經濟如兩翼般領導當代文化的飛騰。那是一個血脈相連而又熟悉的「傳統」和我們起了悖逆的年代，文學生態在這種文化境況底下，起了根本的變改。詩人不能抱著「古人」心態去看待二十一世紀的新詩。要詩歌如古代般的能干祿入仕，詩人享高台俊馬的禮遇，已屬妄想。科技使人間冷漠，經濟令人性扭曲，袒露誠信的「人情」已不復再

現。詩歌的價值,即在這反復淡漠的生命當中,為我們嚴選真誠的知己。今日詩歌存在的理由,已不在庸俗化物慾化的大眾身上,而在那些極少數的回響。

〔二〕

　　氣質女子謝傲霜游走在這個城市裡,每天從荔灣出發,乘坐地鐵列車到調景嶺上班。由西而東,風雨的四月和赤燄的七月,不歇地往復穿越在這個紛紛攘攘的城市中。和任何一個上班白領相同,彩虹之後,她所見到的牛頭角天空,是給石屎水泥割裂的,是給玻璃牆幕反照的。她曾在陸橋上遇到推銷纖體的營業員,她清楚「十五種愈吃愈瘦的食物」,奇異果是其中一種。詩源於詩人的晨昏起居,而終於的對生存的反思體認,而這種體認是經由詩人不自覺的篩選。歷來評論家都聚焦於題材的多樣性,而忽略題材的選擇便已是詩人的一種自我審度,這直接關乎詩歌的氣魄和風格。題材的廣闊或單一,與詩歌藝術其實並無必然關連。

　　　　滿臉鬍子的奇異果叔叔

　　　　用半鹹不淡的中文說

　　　　別看我外表亂糟糟

　　　　My heart is 營養豐富有益健康呢

　　她也曾在雨天時在繁亂的馬路轉角處，送走一個少男。寄情於詩，毋庸過分繁複，也不一定鋪排長句長行，只要拿捏的到位，一個清新的意象，便足感人至極。這好比18世紀美國「意象派」的作品般，以單一意象取勝。意象派女詩人羅威爾Amy Lowell提及的「六大信條」，其一是「使用通常說話的語言，運用精確的字眼」。〈雨天〉全詩只有25個字，以散文式的平凡話語、精準的詞語，營造出濃厚的詩意。

> 天沒雲
> 雨卻下著
> 一個少男
> 遺留了無數記憶的種子
> 遠走他方

〔三〕

　　在混亂的人心和環境裡，傲霜選擇了詩。坦白說，選擇了詩，即是選擇了一種內斂靜默的生存方式，一種鎮定的生命信仰，與喧鬧浮燥的送往迎來截然不同。同時又是對寒冷反覆的人心表達沉默的抗拒。在勢利現實的主流文化的準則底下，選擇了詩無疑是徹底

的軟弱，是對生命的「投降主義」，這尤其對於藉詩干祿謀利竊權
的人來說。但「真正的」詩人並不以為然，現在詩的力量，只有真
正懂得詩歌的人才知曉。我明白，詩歌許多時不能挽留甚麼，但我
愛詩歌，卻因為它具有一種悲劇英雄的魅力。

　　傲霜寫了不少生活性很強的詩篇。當中紀錄了她作為一個花樣
年華的女子，面對生活時的各種情狀與情欲。繁華大都會晚上高樓
廣宇間掛滿了密密麻麻的窗火，但她卻「一個人住」。如果說這首
詩寫的是人與自然的隔閡，即詩人並不甘心僅僅如此，詩意至末急
遽翻轉，寫的是一個城市女子的失戀心情：

　　　　夜的星不過是電燈泡
　　　　夜的風不過是冷氣機
　　　　夜的聲音不過是電視機
　　　　夜的味道不過是冷飯菜
　　　　夜的餘溫卻是你睡過的枕

　　戀愛只是生命長流裡的一道風景，原非生命究竟的探求。但年
輕的感情是容易騷動的，也容易感到悲愴。傲霜詩一卷，當中便包含
了為數不少的悲愴詩句。愛情若不能沉澱為生命裡香薰般的精華，再
燃發出幽沉的暗香，即發而為詩，或故作灑脫，或無度呻吟，均為

不成熟的作品。詩歌歸根究柢，便是語言的藝術，其成敗自然也在
「語言」上。失戀之痛，可以極深，設若語言濫調而欠缺精細，述
說鏈接而不諳巧裁，即所謂情詩，只是一種純粹的渲洩吧了。

〔四〕

　　布羅茨基說：「沒有一條直接的路從生活到文學，也沒有一條
直接的路從文學到生活。」詩和藝術一樣，雖源自現實的生活，但
卻拒絕「直接」往返的途徑。這是一個問題。另一個問題是，所謂
現實的生活，每個人的認知和理解並不相同。評論家榮光啟在〈不
確定的現實：詩歌寫作和閱讀的難度〉裡說：「人對現實的不同理
解和把握，作為本源存在的現實到底是在場還是缺席，這不是理性
的思辯能解決的問題，只能取決於詩人自己在特定語境下的理解和
相信。」〈玫瑰〉和〈藕二首〉當然是一種現實，〈在我心中種一
朵花〉也是另一種現實。當中涉及詩人對世界的理解。〈假象〉寫
的，便正正是經驗世界裡的另一種真實：

　　　捲起的紙巾拉了銀絲
　　　抓緊遙遠的手
　　　拖磨。

旋轉的鐵板畫了個圓
發現天空的眼
尋找。

推動的力量鑽了空洞
貼近肩臂的頭
發洩。

從高處飛墮
落在海角雲端。

〔五〕

　　作為一個生於八十年代的女詩人，傲霜的詩作具有較強烈的藝
術個性。粗略觀察，傲霜詩的優勢在一種獨特的詩歌視角上，而其
局限則在那偶爾出現的未成熟的語言上。論詩的尺度，不宜寬鬆，
否則茫茫詩海，又將推出一艘覆舟。

　　〈鷹〉這種語言，較之優秀的散文語言更等而下之。我嘗試將
它排為分段式的，且看：「一群鷹在石屎叢林的頂端盤桓，那飛行

的距離要比荒漠更蒼茫，綿密的雨點一連七日敲打著大地，鷹卻只以蔑視的態度去對付灰色的洶湧的天」。這種詞語陳套、條分縷析、連環相扣的語句，令意象的翅膀無有棲止的空間，顯然是失敗的。相對而言，〈我是烏鴉〉卻有令人驚喜的陌生述說：

　　你記著了火
　　我是烏鴉
　　我記著了灰

　　詩歌的語言必得與生活語言不同。其不同在打破了語言在意義和法規上的慣性依存，而產生一種陌生化的果效。而這種陌生化，又是詩人個人獨一無二的「私說」，其中雖有邏輯與習慣，卻是一種個人的創造。如果說詩歌除了語言，別無其餘，我是贊同的。但詩歌的語言，其體認在詞語的運用調合，述說的方式，內容的去留編配等各個方面上。談論詩歌語言時，我喜歡用「隱喻」這個詞語。隱喻，其實就是人們按照人體自身來體認世界的一種方法。胡和平在《模糊詩學》裡說：「（隱喻）指一套特殊的語言過程，通過這一過程，一物的若干方面被帶到或轉移到另一物上以至第二物被表述得如同第一物。」詩人首要關注的，不是生活，而是語言。

〔六〕

　　詩歌的危機，一直是詩歌論壇上的熱點話題。這也反映詩人內心對此的焦慮。「為詩一辯」，似乎已成為白話詩歌誕生以來最險峻而又恆久的傳統。詩人擺不脫的宿命是，不斷為自己的詩歌作出辯護。在這種惡劣的生態情境底下，詩人容易與俗流市儈同趣，忘卻了詩人的靈魂的崇高，並拋棄了詩歌語言的純粹，卑躬屈膝的以求身分的認同。

　　詩歌是詩人賴以存在的唯一價值。除此以外，別無其餘。傲霜明乎此，她拒絕群行群止，而選擇了一種帶有放逐意味的生存方式。這種情況，令傲霜的詩歌語境漸漸有別於平凡的大多數。傲霜寫了不少愛情的詩篇，但其語言清新，述說角度獨特。雖則如此，面對一種生命的深沉不適，語言也顯的進退無措。台灣詩人鴻鴻對那些平庸的愛情詩，曾以詩諷之。他的〈詩已無法表達愛情〉，警策如此：

　　　　詩已無法表達愛情
　　　　就像翅膀無法取代飛行

但作為床，作為一個避風港
綽綽有餘

作為時光機器則不及格
會耗盡你收藏的舊式硬幣

我不怕人生是悲劇
怕詩把人生簡化成悲劇

詩已無法表達愛情
但是翅膀……

詩人和讀者先後走進超級市場
買了同一款式的拍子

趁沒有風的日子
打羽毛球

　　詩人如果同流合汙，和普羅大眾配戴同一個臉譜，拿出語言不合格的作品，又如何能振振有辭的為詩一辯？我讀畢傲霜詩卷，彷彿看到她的未來，以她的詩篇，振振有辭地為詩一辯。

澳門城，讀洛書

　　澳門蕞爾小島，新興的賭城與古老的舊區並存。詩人洛書蟄居
其中，時而緬懷時而瞻望，幾年間寫下了一卷詩冊。2015年12月中
旬我得到洛書詩集《燕燕于飛》的電子稿。

　　詩發於心，殆無異議。但「心」是何等情狀，如何理解，卻各
有不同。設若一個瘦削單薄的身影，在冬陽的光影中，游走在十月
初五的青石街道，她會想到甚麼，又會記下甚麼模樣的文字！詩寄
存在這個「空間」既可以是一件荒誕的事，復可以是一件奇妙的
事。而其最終如何「命名」！今日，在澳門這個古老的殖民區，詩
人必得懷有一個強大的「心」，方足以安身立命。

　　洛書如此年輕便寫下了〈十二離歌〉如此鉅製，並不簡單。那
是心在寒冷中的提煉。詩逾一百五十行，紀錄了詩人一段刻骨銘心
之愛。愛情詩不容易寫的「出眾」，因為這是古今中外詩歌最普遍
的「母題」。愛情詩，得先決於明誠，而穿越思想，尋得發現，抵
達詞語。希臘詩人喬治・塞菲裡斯說：「他們告訴我當你愛時便會

勝利／我們愛了並且找到了廢墟」。這裡的「廢墟」，真實的挖掘
到事物的本質來。愛情並非一座華麗的七彩堡壘，而是一個頹垣敗
瓦的廢墟。

洛書是這樣的書寫並詮釋著「愛」：

泥土縱容了一切墮落的生長，
包括你的愛情。　　　　　　　　　　　　〈十二離歌・三〉

我想在水中寫一封信
給你。
一邊寫一邊消失。
可以讓我就這樣度過一生。　　　　　　　〈十二離歌・十二〉

這兩段文字的述說是「同質」的，都是詩人為愛所下的「定
義」。其命名與「廢墟」相同。前段說愛情消失於現實。我很喜歡
「泥土」這個詞語，在這裡並不是汙泥的意思，而是相對於「飛
翔」而言。愛成就於浪漫主義而毀滅於現實主義。那是金科玉律。
後段令人想及智利詩人聶魯達Pablo Neruda，1904-1973的名句，
「愛太短暫而遺忘太漫長」。這另一個成功的述說。故而詩歌總是
述說相同的事，而其優劣分別只在一種述說的形式上，或說語言

上。道理至為明顯。

　　有關詩歌內容與形式上的迷思，有各種不同的主張。但說詩歌為語言的藝術，殆無異議。所以判別詩歌的好壞，關鍵就在語言上。文學上的語言，非單指涉詞語（字、詞、短語），而是一種形式（述說詞語、述說方法，或說陌生的述說詞語、細微的述說方法）。所以千百年以來，書寫愛情這種古老的題目，經典詩歌，總是不絕於耳。因為優秀詩人都遺世獨立，有他對生命的獨特詮釋。洛書明乎此，不孜孜於向外追逐新穎的內容，而轉向生命內在的挖掘。這樣對應世相，才是詩歌之所在。

　　洛書在〈後記〉上說：「我以〈新曲木蘭令〉作結。花木蘭是我的追求，縱馬天下，黃沙萬里，那份豪情，鏗鏘如出鞘的寒劍，絲毫不退縮。而落幕之後，毅然退隱天下，那份淡然，溫婉似清風拂過，如蓮輕斂。能出能收，這份隱忍，萬夫莫及。」〈新曲木蘭令〉是一首二十節共172行的長詩，這很好的說明了其詩歌述說上的能力。詩人心慕巾幗，發而為詩。如果只是「詠史」而不「託今」，則必流於平庸一途。但詩人縱筆大膽，賦予現代情思，成就佳構。且看此詩是如何的結構。全詩二十節中，第一章「起曰」，第五章「歌曰」，第九章「嘆曰」，第十六章「亂曰」。刻意以古文體制穿插於現在語境中，營造出沉重的歷史感來。這即詩歌傳承一例。當然，不是說語言上的殘餘文言是詩歌所有的傳承，也不是

說形式上的傳承，而是一種對傳統的取與捨，優化與融合的情況，
則對信仰精神制度等文明的承傳。一般詩人在巨大傳統陰影底下，
會顯得不知所措。因為傳統裡確鑿無疑的觀念往往給了他們極大的
難題。他們有時會刻意與傳統割席，有時又囫圇吞棗。有關這點毋
庸再議，Ｔ・Ｓ・艾略特的〈傳統與個人才能〉，已是詩人奉為圭臬
的經文。〈新曲木蘭令〉出入於傳統與現代，游刃而有餘。

　　這裡選錄第九與第十兩節如後。

　　嘆曰：

　　「急令頻傳，四起烽煙。

　　青冢亂，鐵騎踏碎生死忘。

　　戰亂非罪，風沙滿天。

　　軍魂志，一嘆興亡頃刻間。

　　對此茫茫，胡笳吹罷。

　　黃葉下，征戰不知幾人返。

　　十年澹澹，零落繁華。

　　望青山，棋秤暫休功來晚。」

　　穿過長滿荒草的季節

　　沐浴著日暮窮途的夕陽

曾傘撐三百個夏天的森林

被葬送在午夜流火的喧囂

如果前世種下的是一粒種子

今世會開出最絢爛的花

當亂馬嘶鳴，鐵蹄踐碎黎明

黑夜結束之前，能否蕩滌這半生涿鹿？

〈十二離歌〉和〈新曲木蘭令〉是洛書詩集《燕燕于飛》裡的長詩。已略談如上。現在轉談短章，詩人三十行左右的短詩，乃至十行左右的小調，都燦然可觀，時有亮點。這裡補掇數闋，以證詩人於創作上的潛力，揮灑自如，並無篇幅的局限。十一行的〈陽光驟明處〉，詩人寫那虛幻陽光底下的事物，頌讚了生命的美好的沉重。第2行「突然被驚醒」，是創作上的「發現」。我一向主張詩歌創作並非始於抒情或甚麼的，而是詩人對其外間世界的一種發現。行旅中詩人先有所悟，才有了別樣的情懷。其眼下的景物乃有異於故時，故而普照大地的陽光，在詩裡已是另一回事了。這便是基於「發現」而來。末節三行，詩人明白書寫不盡，關鍵在於捨與得。於焉筆鋒一頓，聚焦收束。其技法之巧可見。但詩有小瑕，即「乍現」一詞。詩的第3行而後，敘述者的身分已淡然退場，語句如流，渾然而成，此詞卻甚露斧鑿，干預了物我的融洽。不過這只

是小瑕無礙大局，佳構依然。全詩如後。

> 在布拉干薩街轉角
> 陽光突然被惊醒
> 拐過牆角　拂過水泥地面
> 沿著綠色藤蔓攀爬而上
> 穿透鐵柵欄　和一隻懸草飛過的鳥
> 再吹開白雲連蜷的羽翼
> 灑下一地落英　惊動蔓生的五節芒
> 和呼嘯而來的　蟲雀啁啾
>
> 一只蝸牛　自荒煙的盡頭　乍現
> 馱著重重的殼　就像馱著整個宇宙
> 在陽光驟明處　慢慢爬行

　　五節25行的〈色〉極具水平，我以為是詩卷裡最優秀的作品，如遇知音，足以傳世。詩寫「綠、藍、黑、紅、透明」五種色彩。驟讀以為是詞藻的賣弄。其實各有宣揚，是詩人的心裁措置。「紅綠藍」稱三原色RGB color model，為世間所有色彩的源頭。而黑色則為所有色彩的「對立」面，即「光」與「無光」之分別。詩每節

的鋪排都見巧思妙著。不止於色彩的描繪，當然更並非一塊拼色彩板。而有深意在，寄託世間所有色相，善惡黑白，最終無不歸於空無（透明）。特抄錄首二節如後。

> 梧桐綠色。搖曳的麥禾綠色。
> 完成綠色。破滅綠色。
> 細枝末節綠色。滔天巨浪綠色。
> 你微笑時揚起的睫毛綠色。
> 驀然回首時，道路漸次綠色。
>
> 藍天藍色。藍天深藍色。
> 馬背上的弓箭藍色。馬背藍色。
> 月光下的守望藍色。月光藍色。
> 大海藍色。波浪藍色。泡沫藍色。
> 一切回歸藍色。全部藍色。

其他如〈懷辛波絲卡〉〈散漫的冬日〉〈玉舞人〉〈不見雲南〉〈默默〉等諸首，都各有劍鋒。燕燕于飛，上下其音。當我們說澳門女詩人時，都在說城裡的伊，或說城外的她，而忽略了安靜的洛書。而洛書正值華年，有此「盛舉」，是值得傳誦。

【大陸篇】

這五首詩
成龍三十而立

最近重讀一些美學的書，民國時代朱光潛的《詩論》附有一篇〈給一位寫新詩的青年朋友〉。當中有兩段話如後：

一、作詩者多，識詩者少。

二、如果用詩的方式表現的用散文也還可以表現，甚至於可以表現得更好，那末，那就失去它的「生存理由」了……每一首詩，猶如一件任何藝術品，都是一個有血有肉的靈魂，血肉需要靈魂才現出它的活躍，靈魂也需要血肉才具體可捉摸。

現在詩壇最常聽見詩人的一句慨歎語是，「作詩者多，讀詩者少」，40年代詩歌仍靠印刷紙本流通。「識」與「讀」一字之別，已足見前人的辨識已比現在網絡資訊時代的我們，觀察更為剴切。

今之視昔，令我想及蘇東坡〈石鐘山記〉裡的一句話，「古之人不余欺也」。

　　惠州詩人黃成龍熱愛詩歌。這除了反映在創作上，還見於他持續不斷的詩歌活動，如主編詩刊、策劃詩會、以及近期籌辦詩獎、成立詩歌基金等。詩人當今的聲名，可以噪聒囂揚，但詩人永恆的成就，卻建立於他存留下來的作品。成龍最新的詩集《三十而立》，來年春日，即將付梓。我特捲刷熒屏，粘貼五首詩來作隨意的談論。這五首我認為是當中最好的，並且是詩人擺脫往日那種風格，能尋出「生存理由」的作品。五首分別是〈候診室〉〈清遠的雨〉〈三十而立〉〈我到過的黑暗〉〈命運〉。無論明朗與晦澀，敘事與象徵，優秀的詩歌，都一定經得起仔細的推敲。仿若詩人聚會，在一個山莊，在一間朝山的小房子裡，窗外星光垂落，一盞香茶與一闋雅歌之間，我逐一朗讀，然後談論如後。

〔候診室〕

　　〈候診室〉
　　貓兒夻拉著腦袋，探進／白霧繚繞的門內／上帝編織的夢，發出／八點的鐘聲和風鈴聲
　　這個上午，多餘的鳥鳴／砸中三月的芒刺。水滴遲緩／蒼

白的陽光只止於花朵之上

「那些沉睡的和被喚醒的，／用什麼贖回玫瑰和血液？」

窗外的春天很近／只要一隻手／就可以植入土壤，長出／

根鬚一樣蔓延的希冀

吮著淚，當十指緊扣／膜拜的蝴蝶才能從手掌心飛出／一

千座花園才能釋放／囚在白色螺子裡的靈魂

　　「候診室」是一個令人焦慮的空間。那裡有對生命的挑戰，有茫然不測的風雲。詩具有強大的語言力量，是詩卷中藝術的標高點。寫候診室的作品極少。因為蒼白的病容、羸弱的呼吸、藥的氣味、恍惚的白光影之間，難以尋找到存在的「詩的因子」。美國詩人伊莉莎白・畢霞璞Elizabeth Bishop, 1911-1979也有一首〈在候診室〉In the waiting-room的詩。作品寫陪同姨媽康索羅Consuelo等候牙醫時翻閱《國家地理雜誌》，透過詩人的挑選抒寫當下國家的處境。詩句「我----我們----在下墜、下墜I--we--were falling, falling」，包含了對社會沉淪的悲嘆。詩中所建構的空間，兩詩均有所相同，但詩抵達的終點，兩者卻迥異。畢霞璞更多的關注當下的國家與性別，而成龍則聚焦於生命的存殁。

　　成龍〈候診室〉五節，4-3-2-4-4共17行。以一頭偷進候診室的貓展開述說，對空間作出描寫。因貓能見到陰間的事物，包括死

亡。候診室瀰漫白霧，是寒天時分病人的呼吸，生命於此沉默，只
餘鐘聲與窗櫺間的風鈴聲。第二節視線放在窗外，平常那些寓意美
好生命的事物如晨間與鳥鳴、露滴與芒刺、陽光與花朵，此刻都因
疾病而迴異，這是「感時花濺淚，恨別鳥驚心」的白話詩歌版本。
第三節擬病人的言語，生命在發問，詩句委婉而精湛，換作散文語
句，即殘疾中的身體怎樣才能康復。第四節是詩的轉折，詩人開始
介入，不能任憑殘酷現實的客觀發酵成絕境。這種創作的痕跡表明
了詩人思想的巨大，不任由感情去渲染。我常說，優秀的詩歌，是
思想與語言的比拼，其理在此。詩人對生命是樂觀的。只要努力，
生命仍可負隅頑抗，延續下去，每個清晨我們仍得把鬍子刮掉。末
節展開浪漫的抒寫，收結極其精彩。白話詩歌的收結，一直被認為
是藝術上最弱的一環。此詩恰巧例外，愈下而愈精妙。

　　詩人的思想是深沉的，不同俗流。詩句在詮釋生存與死亡，
「故知一生死為虛誕」。惡疾終止生命，是科技屈從於自然。但自
然卻往往敗於「真愛」的手上。在詩人眼裡，臨終一刻，能與相依
為命的人十指緊扣，則便死亡，也是一種釋放。因其以深情鏤刻於
生者的腦海裡，雖死猶生，意則所指。

　　全詩的語言極其精湛，穿插鋪排，無瑕無痕。此詩無論分行與
分段，都抹殺不了其藝術的價值。這是我「詩歌惟語言別無其餘」
的主張一個強力的例證。

〔清遠的雨〕

〈清遠的雨〉

晚間我回到北門街的寓所／玫瑰花順著雨水滑落
我的臉龐／躲過薩克斯濺來的雨水／剎那間撞見昏黃的燈光
一幅絲帕躺在地上／像呻吟的蝴蝶濕了翅膀／我不能說出
玻璃牆外的雨／拖著沉重的晚班車
清遠的雨呵／像向我內心潑了一盆冷水／而我在你拐角的
地方／找不到異鄉延續的夢

　　行旅的詩篇多是平庸的作品，因為詩人擺脫不了「記事」與
「寫景」的思維束縛。因未能有所發現，而不能直戮外在事物的核
心。這首行旅詩見證成龍創作上不自覺的臻境，成就極為優秀的文
本。詩人淡化了事與景而抒寫一種行旅中的感悟。而這種感悟，是
結合生命的，對存在和經歷的體悟與發現。我印象彌深的是台灣詩
人鄭愁予《嘉峪關西行》裡的兩句：「所謂雪／即是鳥的前生」。
管中窺豹，這便即真正的旅遊詩作。對旅行之詩，愁予說過，「生
活在異域，文化基因與氣質未曾離體，內涵和識別不缺，寫詩便不
受影響……時間只是載具，居住海外易於利用這個載具，變換空間

造成距離，乃能網羅豐富的詩的因子。」其對旅行詩的體會，已超越一般「山陰道上，應接不暇」的散文意境。值得借鏡。成龍此詩分四節，2-3-4-4共15行。首節雖紀實，但「玫瑰花順著雨水滑落」卻是對現實的發現。與「雨水順著玫瑰花滑落」，詩與散文的分別立馬可見。第三節「我不能說出玻璃牆外的雨／拖著沉重的晚班車」，詩眼在「說」，詩人埋藏的心事，因地上的一條絲帕而發酵。而這些牽掛，又與一場雨一列晚班車關連。詞意濃郁至此，已非一般「步移法」的作品可媲美。末節詩意浮出，那個女子消失的拐角，成了一個存活的符號，不著風流，而寫盡相思。

　　〔三十而立〕（存目）
　　〔我到過的黑暗〕（存目）
　　〔命運〕（存目）

　　這五首詩，標誌著成龍三十歲以前詩歌的峰頂。通過作品的思想和語言藝術，可以見到成龍是「詩歌競技場」上真正的「選手」。場上競技，總是有勝有負。真正的選手不在乎勝負，而在乎擁抱「學養滋生」「爭也君子」的修為與氣度。成龍正努力朝此而行，並可預期在「五十而知天命」時，擁有更大的成就。
　　新詩即將百歲。詩壇上對詩歌的反思自省已成普遍的文學現

象。當中極重要的一點是，格律解放的自由詩體對傳統的平仄押韻如何認知與承傳。在這種情況底下，詩壇便出現不少光怪陸離的主張。當中不少摒棄了詩歌思想與語言上的追求，而流於「形式主義」的僵化，像「手槍體」。這寓示著我們詩壇一種墮落的傾向。當今詩歌存在的价值，正是抵抗科技對人心的戕害，而不甘順從蘋果下墜的萬有引力定律。可以預知，這種形式主義的作品，最終也成了墜落的果實，腐化為汙泥！評論家孫紹振在《當前新詩的命運問題》中說，「由於詩歌本身所要求的高度想象性、假定性，詩歌比小說和散文，對於假是最缺乏天然的免疫力的。對於詩歌的生命來說，最具殺傷力的就是虛偽。不可不論的現象是，到處都是"塑料詩歌"。」而像成龍這種虔誠不欺、孜孜不倦的精神，才可以拒絕塑料的汙染，孕育出好的作品來，回歸傳統，回歸語言，回歸自然，回歸人性，向中國白話詩歌百年的歷史交待。

詩卷裡的這一個城
讀廖令鵬詩集《蓮續的城》印象

　　八時半我離開白石州的樓房，走向深南大道地鐵站。高爾夫球場上的雲霞一片發亮的青黑，蔓延到蛇口港。整個城區燈火萬點，燦然映照我一個人的落寞。然後地鐵冰冷的車廂帶我離開這裡。到了另一個都會驛站，叫「崗廈」的。到崗廈，是轉乘109號公車到皇崗口岸回香港。

　　崗廈另有一番風情，好百年傢俬城、肯德基快餐店、新一佳超市、景軒酒店、乃至星記腸粉王等等，排列築構成一片城區的景貌。穿梭、巡逡、磨蹭、勾留、蹓躂，而我從未想過給崗廈寫下甚麼的句子。寶安詩人廖令鵬的〈崗廈回憶錄〉卻這樣寫道：

　　　四坊的買賣還在延續
　　　饅頭蒸了一屜又蒸一屜

　　　　幸福在不遠處的轉角等你

　　　　到達卻要經過很多悲傷的鋪子

　　最末一句，「悲傷的鋪子」令我想起崗廈的景貌來。而這種景貌，是羼雜了生活況味和歲月滄桑的城市面目，並不全然是一種客體的現代景觀。詩人另有三首詩寫及這片城區，於焉我才驚覺，我熟悉的崗廈，有這樣的一個面目。而，詩歌可以把一個城市，這樣的述說。

　　廖令鵬的詩集叫《蓮續的城》，集內有大量的詩篇，寫一個貼近寶安關口的城區「南頭」。詩句中的新安故城、九街、關帝廟、新安縣衙、荔香公園等我都曾去過，並拍下了照片。重翻照片，南頭的城貌又呈現在我面前。但那僅是一個光影在一個時間內的存留，而與當前的生活無必然的關聯。在這眾多歌詠南頭的詩篇中，令我留下最深刻印象的是〈一群詩人在故城奔跑〉。詩歌的構想和內涵，乃至於命名與秩序，在現代詩歌中極為少見：

　　　　這是現實無力的描述

　　　　看，他們沒有翅膀和刀戟

　　　　企圖阻止蠢蠢向上的灰色城牆

　　　　十月的來臨，酒和女人

馬匹竄進繆斯的果園

冬季偷偷打開城門

他們再度淪為拾荒者——

一群正在奔跑的詩人

路邊的孩子各自回家

城牆上懸掛著詩人的弓箭

月光下多麼恐慌

他們不擅長短兵相接

在赤裸裸的喊殺中

詩意敗退

烏雲遮住偷情的人

他們抹去姓名

在城堡邊緣暗中奔跑

天空中也有一群詩人疾速奔跑

祕密地奔跑，方向準確，像起義的士兵

他們手中握著堅硬的詞語

戰爭可能表述為：交叉死亡

誰也不理會躁動的鼓角

錯誤的愛情策略，半個詩人的矛盾

跳躍的悲劇

戰亂的新安故城

子民不讀詩歌

偶爾關心詩人的非正常死亡

和早晚的買賣

詩人無休止奔跑

城牆外憤怒的人無從下手

　　這是一篇值得存留的作品。詩人在這首詩中，表達了詩歌作為人文關懷的一種力量，在一個代表著歷史理性而存留的古城時，是那樣的為現代化、為現實生活所拒絕而發出了一種無奈和薄弱的吶喊。童慶炳在〈中國當代文學創作中的精神價值取向〉中說：「因此，真正的作家總是面臨一個困境，歷史理性與人文關懷的「背反」……他堅持歷史進步的價值理想，他又守望著人文關懷這母親般的綠洲……他的困境是無法在歷史理性與人文關懷之間進行選擇，而只能在這兩者之間徘徊。而這種困境是他所情願的，

是作家的一種特性。」[1]詩人廖令鵬游走南頭古城的周遭時，所接觸的是一個蘊藏歷史深邃卻又商氣勃勃的城區，人們爾虞我詐的在營生，但拒抗詩人、不讀詩歌。他們營營役役，為微薄的生存願景而打拼著。一群詩人在故城奔跑，那展示了在不斷發展和改造的城市當中，文學僅能以一種的零星的「游擊力量」與之進行抗爭。詩中有這麼的一句：「他們再度淪為拾荒者──／一群正在奔跑的詩人」，在類似城區發展過程中，歷史蒙塵而經濟張揚的這裡，詩人發覺，他才是一群「拾荒者」，他們所檢拾的，是經濟以外的所有人文精神價值。

　　無論怎樣的渴望接納，詩歌都只是詩人漂徙的印記。良好的詩歌在述說中容不下虛浮與矯飾，但良好的詩歌在述說中也拒絕停留在官能感知上。在看待一個故城時，廖令鵬出其不意的以詩歌語言直戮內心深處，留下藝術的震驚效果；他繞道所有的景貌，不迴避熟語和濫調，如此的述說：

　　　　小兵小卒仍守著他的倫理
　　　　在詩歌裡尋找愛慕他的女孩

---

[1]　見《文化詩學的理論與實踐研究》，胡金望等編，北京：中國社會科學出版社，2004年版，頁141。

故城骯髒零亂，他仍相信會有

純潔和充滿氣質的女孩　　　　　　〈小兵小卒的倫理〉

關鍵在「倫理」兩字上，那意味一種詩歌可貴的人文精神的延續。平凡的詩人不諳遣詞，會以「信念」代替「倫理」。一詞之易，平庸與傑出判然。詩句背後隱然含有「對抗」的意味，詩人仍堅守著他的「倫理」，表明了故城已放棄了她的「倫理」，已不相信詩歌「窈窕淑女，君子好逑」那種源遠流長的傳統和佳音。趣意並生，樸拙雋永。

令人感到興奮的是把詩集翻到下卷時，詩人所述說的已由城市轉為村莊，一個與大自然緊密相連的空間。「當今任何一個城市所在的位置，過去都屬於鄉村。這樣，鄉村就可以視作為城市的母體。八十年代中期中國文學中的興起的尋根潮一直波及今日，令我們沉思的是，以文學形式尋根的作家們，最終尋到的源頭為何總是一個遠離城市塵囂的故土？」[2]這段文字，無疑恰當地詮釋了詩集《蓮續的城》的命名。那組以蓮為歌詠客體的作品，主題是抒寫詩人在城市裡自我身分流失的尋回，詩人作出如此的〈表白〉：

---

[2]　見《城市的想像與呈現》，蔣述卓、王斌、張康莊、黃鶯著，北京：中國社會科學出版社，2003年版，頁253。

叫你一聲LIAN

簡單而清純的名字

我愛你猶如重新失去自己

那麼痛快淋漓

　　詩分前後兩截，首行的「蓮」，詩人不寫漢字而以拼音替代，是刻意泯沒漢字字形結構中所包含的文化歧義，表示「蓮」與「詩人」間無需語言的一體化。末二行詮釋了作為在科技與經濟為主導的城市空間，人們被迫割斷母體。「蓮」在這裡是個精采的象徵，象徵一種城市人失去的鄉愿。城市以其強大的集體力量，令人們不能不放棄自己，而詩人卻透過「蓮」暫時令自己抹去了城市的胎記，這無疑是「痛快淋漓」的事。廖令鵬打工於深圳寶安，日以繼夜在工作間生產線上，故此詩人慨嘆，「真正認識天空並不容易」（《呈現》），抒寫村莊，其意義便不單純的嚮往田園，懷念故鄉，而是對所謂科技文明、所謂發達城市的一種潛在抗爭。詩人筆下，城市人不如牛：

這是一群剛從田裡下來的牛

這是一群被竹鞭抽打過的牛

這是一群遭到春光遺棄的牛

這不和它們的主人相似

那是更大的一群，馱著沉沉的

暮色。喘息。回家　　　　　　　　　　〈牛〉

　　季節在溽暑和颱風的交替中，閒暇時細讀廖令鵬的《蓮續的城》。生長於五、六十年代的我，成長的經驗令我在溽暑中聯想到不同景貌的鄉土，在颱風中記起了許多不同年代的城鎮。廖令鵬這卷詩稿，作為名詞的地域，包括城市和鄉鎮，如一枚枚標籤的散佈著，這種標貼在提示讀者，詩人苦惱煩愁地解讀著一段成長的歲月，也同時在解讀著這個蛻變的城市。張煒在〈憂憤的歸途〉中說：「我發現自己一直在尋找和解釋同一種東西，同一個問題──永遠也找不到，永遠也解釋不清，但偏要把這一切繼續下去。」[3]

　　我們看到詩人廖令鵬詩卷中的城市，並同樣在這個城市中游走漂徙，卻永遠找不到答案。

---

[3]　張煒《溫柔與羞澀》，轉引自曹文軒《二十世紀末中國文學現象研究》，
　　北京：作家出版社，2003年版，頁257。

艾華林詩歌詞條（十則）

因為，我不是海子，也不是張棗
我只是大地衍生的一粒藍色的
瀰漫紫色煙霧的種子　　　　　　——艾華林〈酒區〉

〔A〕

艾華林　　ài huā lín

　　詩人這樣述說自己的生平：「艾華林，青年詩人，佛教徒。84年生，湖南邵陽縣人。邵陽市作家協會會員。「叫春詩派」發起人之一。《深圳詩人》編輯。參與編選《湖南青年詩選》《深圳青年詩選》等選本。《軍地縱橫》特約記者。作品散見《中國文學》《西北軍事文學》《散文詩》《江門文藝》《打工文學》《深圳晚報》《圓桌》《夫夷文學》《資江源》《群島文學》等海外雜誌。現居深圳。」我和艾華林見面的次數不多，都在有關詩歌的活動上

遇到，也不曾有機會詳談過。我感覺他相對地戇直、單純，常有笑容，沒有時下詩人的俗氣。

〔B〕
卑微與高尚　bêi wêi yû gāo shāng

　　艾華林的詩歌，呈現出一種作為貧窮的農村人流徙到城市追尋較優越的生活時的卑微狀況。這是現實裡因為城鄉落差做成的普遍心理狀態。反映在一般詩人身上，有時出現極端的反彈，詩歌呈現傲慢與偏見；有時是消極的萎縮，詩歌滿布陰霾和幽怨。而艾華林卻以其精神的力量，抵抗這種現實的寒冬，詩歌裡常有不蔓不枝的高尚姿態。如〈給李晃〉的收束：「我們在天空寫下思念、疼痛；屈辱和憂傷／還有那一丁點兒幸福和微笑／如果有一天，樹木被砍掉了，我們也不會老去／因為我們的骨氣還在，微笑還在，我們的詩歌還活著」。樂觀，無疚，自省，易足。

〔D〕
打印　dā yin

　　艾華林的詩稿命名為《鴈歌行》，輯錄詩作102首。我是經由

電子郵箱收取的。現時我仍習慣「紙版」閱讀。我並非不接受現代科技，而是想歇力地保留一種詩歌的生存姿態。只好整理格式，打印成38張A4紙，以膠圈釘裝成一卷。在上下班的車途裡，拿出來翻閱。許多時，坐在我兩旁的年輕人，正利用iPad讀報和上網。網絡時代的詩歌載體，正出現天翻地覆的變革。尤其是電子書的出現，正以強大的力量改變我們努力維護著的詩生活。

〔F〕

佛教徒　　fó jiāo tú

　　詩人在給自己介紹時，說是個「佛教徒」。信佛者有悲天憫人的胸襟，無論逆順均不偏頗，而常懷感恩。對生命，尤其不會悲觀與絕望。詩人生涯並不盡如意，背鄉別井，掙扎於底層，發而為詩，多淺嘆輕唱，並對「命」有認定的泰然。詩人謫貶南方深圳，緬懷故鄉，〈夢回故鄉〉裡，抒情如此：「在異鄉／我是一朵無根之雲／我飄啊！飄啊！／像風落的蘆花」。另，詩卷裡有一組以佛教為題材的作品，當中〈佛光籠罩我〉有這樣的兩行「樹木被貼上不同的標籤，生抽穗，死揚花／我寫下的詩歌爬滿蛀蟲，命不薄，運未達」。其達觀如此。

〔G〕
孤獨　gū dù

　　詩人的心靈恆是孤獨的。這是我們對一般詩人的普遍認知。睽諸二十一世紀，科技似鷹隼飛騰、網絡如洪水泛濫，每一個現代人的心靈恆是穹蒼裡一顆孤單的星子。睿智的詩人深明此點，以詩歌來抵禦炎涼，並進而引證存在。優秀的詩歌，無疑是一種力量強大的述說，詮釋了生命的（存在）意義。詩人在〈一個人的夜晚〉裡的孤寂，只能通過柔情似水的酣夢來排遣：「一個人的夜晚，星星暗淡無光／把思念掐斷，枕著書香入夢／夢一個溫柔善良的女子／醉了一個煙雨的江南」。

〔J〕
〈井底之父〉　　jǐng dǐ zhī fù

　　我特別想談的，是〈井底之父〉。抄引如後：「烈日下，父親赤裸的上身／像一面古銅色的鏡子／照見城市的喧囂、繁華／以及他孤單佝僂的影子／六月的風像閃電一樣跑過天空／他站在井底仰望它，像一隻青蛙／／天空很空，白雲很白／偶爾有一隻小鳥飛過

他的頭頂／他想，那不正是我遠離故鄉的兒子嗎？／他迅速地取下安全帽，向上放著／準確地接住掉下來的一坨鳥屎／他湊近嘴巴，用力地聞了聞／長長地吐了一口氣，很香的樣子」。深含韻味，技巧高明在若無其事而恰到好處。詩人稱父親是「井底之父」，其識見學問只堪作一隻井底蛙。乍讀以為不孝，而其「父慈子孝」卻深植其中。詩人父親是一名低下階層的工人，赤膊，戴安全帽，烈日下在從事體力勞動。長時期的辛勞令他的身體佝僂。而，我們會問，為何他這樣不辭勞苦地工作？詩的次段有了答案。他是為兒子為家庭而工作的。因為貧窮，生活便如在凶籠中，其自由不比一隻小鳥。詩句所描述那種幼稚的舉動，是一種親人間的「私秘」，但讀者不會因之發笑，反倒是感感於心，浮泛出那種親人相依為命的無奈與悲痛。這無疑是詩卷裡優秀作品之一。

〔Q〕

鄉村與城市　　xiāng cūn yǔ chéng shì

中國現代詩人要面對的是「空間」的交互遷徙。其當下生存的空間是城市，而其精神上嚮往的空間卻是鄉村，與城市相對的一種自然空間。究其原因，其一是社會發展令大量農村人口往城市麝集，其二是傳統詩歌那種對自然的著重仍以隱性的形式潛伏在每個

當代詩人體內。這樣的一種精神與現實的割裂，便出現了城市人所
謂的「精神家園」。在詩卷裡，艾華林常把鄉村與城市兩個空間，
以一種比擬的方式來述說。「渡口」本來是鄉村的，可是詩人卻
說：「一個詩人在深圳的渡口拐彎，雖然車裡比外面還冷」（〈塘
渡口〉）。「鼠標」是電腦科技的產品，但詩人眼中：「趴著　它
像一隻小松鼠　閃著寒光」（〈鼠標〉）。從農村到城市的遷徙軌
跡，詩人是這樣作出比喻：「像一隻螞蟻，從田間的地疇爬到工廠
的流水線」（〈在雨中〉）。深圳冬天是沒有雪的，但蟄居城中
思念故鄉時，詩人卻說：「這個寥落的冬天，雪花與我都沒有回
家」。（〈這個寥落的冬天〉）冬天我沒回家，但雪仍落在故鄉，
是慣常的說法，這裡可見詩人在「擺弄」空間，以寄鄉愁，故鄉的
雪好像仍舊飄落在他身上。

〔X〕

現實性　　xiàn shi xìng

　　作為一個草根的詩人，艾華林詩歌具有一定的現實性。即能及
時對社會作出反映。我注意到一系列以「南城」為背景的作品，如
〈夜宿南城〉〈在南城〉〈夜巡南城〉等，無不展現了大都會給予
詩人一種極巨大的現實壓力，在這個陰影底下，詩人顯得窩囊不

堪：「我從南城汽車站出來，看見／君臨酒店、站前旅館、明興百
貨，燈火都亮著／詩人蜷縮成一團，螞蟻在我的私處狠狠地親了一
口」。城市華衣麗服的背後，是無盡的醜惡與黑暗。有一個很貼
切的詞語「霓虹蝶」，指華燈初上流連在燈紅酒綠的脂粉歡顏。
〈夜宿九洲賓館〉裡的妙齡女郎（她名字不配叫李曉草，見〈看醫
生〉。這是很有意思的做法，彰顯詩人的道德力量。為善良的人留
名，而給醜陋的人隱姓），她深夜敲打對面的房門，為詩人留下無
窮遐想：「門瞬間關上，將我的目光撞傷／欲望一點點漫上來，思
念更甚／我能想像後面戲的精采」。〈西鄉碼頭〉則三十四行澎湃
而下，把現實的醜陋毫不留情地揭示出來。

〔Y〕

語言　yǔ yán

　　真正的詩人都感到語言的局限，不足以描繪複雜的世相。尤其
生活的用語，往往詞不達意，也不盡意。所謂詩歌語言，即是企圖
重塑語言的規律，打破語言的既定涵意，直戮世相，最終令語言與
世相合而為一，如此便成就了我們所謂的「語言藝術」。詩卷中的
語言，固有或鄙俗或平庸的敗筆，但也不乏精采的藝術語句。這種
靈光一閃的句子如詩卷裡的珍珠，發出熠熠亮光。〈給舒雪〉的

「陽光出浴，夢還是很清晰，想必都是真的」，〈行走的橄欖樹〉的「夢，孤獨的雨下著／我——／橄欖樹艱難地行走著」。而〈無題〉的四行，「我愛著月的黑，我夢著月的白／你不必訝異於這一點／我早訝異於人未訝異於這一點／她愛著月的白，她夢著月的黑」。回歸到一些原始性，這就指涉到詩歌語言的領域。

〔ㄩ〕

月　yuè

以城市為存活空間的現代人，對所謂的「山川草木」的大自然，許多時不過是綠化裝飾物。而月亮卻存在於絕對的空間內，不因社會改變而有絲毫的不同。所以「月亮」一直是古今詩人書寫的一個永恆意象。詩卷裡各個不同的月亮，如果不是單純的描摹與烘托，便常是「故鄉」的投影物。像〈深圳的月亮〉的「在一個星月稠明的夜晚／搖一艘烏篷船將月光打撈／撈起　卻是故鄉的斷篇殘章」，〈小城寄語〉的「月亮流出幾滴憂傷的情絲／一不小心就淋濕了我青色的鄉愁」等。

詩心與詩象
細微剖析阿櫻名篇〈水塔〉

　　認識詩人阿櫻已有一段時間。不記得那年因詩而來惠州，阿櫻專程由淡水過來相見。晚上在惠州的朝京門有個詩歌朗誦會，我讀了阿櫻的〈水塔〉。〈水塔〉是很奇特的作品。我說的不是「陌生」strange而是「奇特」peculiar。前者常指詩歌的語言而後者即指涉詩人的思想乃至審視外界的角度。詩分四節，依次為5-7-5-2行的自由體結構。「水塔」在詩裡，是「象徵語」。先讀詩如後（句子前標示為詩行的序數）：

　　　　01秋天了，我的水塔為你
　　　　02長高了一層
　　　　03本來我是想蓄滿水就告訴你
　　　　04本來我是想讓水流遍我全身
　　　　05好讓指尖湧出一首詩來漫浸你

06 但你回去之後

07 每天都在不停地發燒說胡話

08 我想起你劃動火柴的模樣

09 你把自己一根一根點燃

10 十天十夜烽火連天啊

11 如此炙烤我的桃林

12 什麼鳥獸都給你嚇跑了

13 現在　只有我和水塔

14 形影相弔

15 現在我只想

16 把升高的水塔迭起來變成道路

17 把溫情的水蓄在身上變成河流

18 當你有一天聽見大海的喘息

19 你千萬不要哭出聲來

　　毫無疑問，詩具有強烈的暗示。語言的表像是「水塔」，內裡卻別有所指。這是詩歌語言的藝術魅力之一，即傳統詩歌的「意在

言外」。「水塔」在這裡是「思念」甚或「欲念」。詩講求藝，無論委曲或直白，技藝嫻熟的詩人寫來往往不乏可觀處。但永恆的詩作更需得「心法」。詩末兩行，寓之以套語的「大海」和「哭」，就是因為有前面不著痕跡的「象徵」，方才有去庸俗化的果效，這就是心法所在。故而，此兩行雖是全詩最平凡的筆墨，但寄情之深，卻無與倫比。

這裡所謂的「心法」，也即是「心源」。「心源」原為佛教詞語，指心為萬法之源。即個人觀照到所有的不同的世相，其個別的所謂真相均源自內心。優秀的詩人，懂得詩之至高，乃在呈現這種「真相」，而非變幻不定的「世相」。詩而能這樣，則需對自身的「心源」有所覺醒。這種覺醒於詩人來說，是「觀照」。阿櫻為詩，正正具有這種非凡的觀照。

我曾籠統評說過阿櫻的詩，說她「既得詩藝復有詩心」。詩藝可學而詩心源自天賦（天賦，我理解為「氣度」「閱歷」「思想」「悟性」「學習」五者的總和，而非天才）。這裡的詩心，也即我說的心源。北宋邵雍〈暮春吟〉詩有「自問心源無所有，答雲疏懶味偏長」句。這裡昭示了一種詩人的處世態度，即接近於無可無不可的「聽天由命」的哲思。而擁有這種態度的詩人，可得心源，而其內心也必然是痛苦的。但惟有這種心的痛苦，方才成就一個優秀的詩家。置阿櫻在中國詩壇板塊來審視，境況正正如此。

　　這種「心的痛苦」在那裡呢！法國作家加謬在散文〈反叛的詩歌〉裡說：「他們（詩人）想推翻一切的同時，表現出對秩序的難捨難分的留戀。在極度的矛盾中，他們要從不合理中汲取合理性，把非理性變成一種方法。這些偉大的浪漫派傳人聲稱要把詩歌變成典範並要在詩歌最令人心碎的因素中找到真正的生活。他們把那些褻瀆神明的話神聖化。」（見《置身於苦難與陽光之間》，加謬著，杜小真譯，上海三聯書店，2007年）回到〈水塔〉的文本。詩題的「水塔」一詞，本有歧義。一般是指建築物上蓄水的容器，即廣府話的「天臺水箱」water tank。也有指建於高崗或山坡上的石屎建築物。香港著名的戶外水塔是中文大學新亞書院的水塔water tower。另外，蓄水池旁的塔狀建築物，也常被稱為「水塔」。為人熟知的是歐洲瑞士琉森湖Luzern Lake上的卡貝爾廊橋和八角型水塔。詩裡指涉的「水塔」，雖為象徵，不具實義。但所指為何種水塔，卻關乎「象徵詞」所延伸出來的涵意。達詁詩意，我以為令內容較合理和豐腴的，是把水塔理解為「蓄水池」或「水庫」旁的塔狀建築物。

　　詩第一節5行。言秋天水塔長高。於詩人來說，這是穿透了事物的真相。平庸的詩人會通過事理的辨析而把詩句改為「秋天了，我的水塔下的水漲高了一層」，或等而下之的「秋天了，蓄水池的水漲高了，掩沒了水塔的一層」。當我們拿來與原詩對比，便悟到

了有無「詩心」的差別。

　　第二節7行。詩人離開了眼前所見，轉到了一個人的身上。而這個人之出現，當然與第一段的景物密不可分。這是個世俗的「怪人」。但也同樣是詩人看到的真相。「發燒說胡話」是怪，「十天十夜的焚燒自己」也是怪。但其實這都可理解為一種苦苦相思的呈現。在這些怪誕的言行底下，這人卻是詩人所朝夕思念的一個正常不過的世間男子。此節分三部分。06-07行是第一部分。08-10行是第二部分。11-12行是第三部分。當第二部分極寫相思之苦楚，第三部分詩人筆鋒丕變，忽發嬌嗔，抱怨這世間男子要全然的擁有自己。那是詩人在回憶中曾經的幸福。

　　第三節5行。回到當下境況，令人悲淒。我特別談第14行的「形影相弔」。那是一種相思不得的苦。「形影相弔」是慣用語，對詩藝有點認識的詩人，都會在詩裡儘量避免使用，因為這種語言已具有相對固定的解釋，不容易令人多作遐想。但這卻和詩的「直白技法」一樣，並非必然的。其優劣還得看有無詩心。詩心存焉，則所有語言無不可再加活化。在這裡，「形影相弔」甚貼當下境況，即水塔與水。我們不必再演繹老套的「女子是水所造」。因為這才是真正的平庸。另一個要談的詞語是第17行的「溫情」。這裡含有「寬恕」的意思，而在這裡已不單是對「男子」的寬恕，而擴大為對「生命」的寬恕。

　　末節兩行。前已有論析。「大海」意象暗貼「蓄水池」。蓄水池蓄水漲而不歇，終有著大海的言語。這裡用「喘息」而排除洶湧、澎湃、咆哮等套語，不能簡單的看成用詞的剴切。這是詩心令詩人對一個詞語有了強烈的語感。於焉準確的傳達了一種悲情，即生命相分的無奈。

　　我這裡所說的「詩心」，其實就是千百年前南朝劉彥和《文心雕龍・明詩》裡的八個字：「在心為志，發言為詩」。一個詩人如能好好的做到，那其詩自然蘊藉詩心。現在是太多的詩人著重「發言為詩」，而忽略了「在心為志」，重「技法」而害「詩心」。阿櫻因其不慕名利，不逐權位，而令其詩保有一片蒼翠的淳真！有詩心的作品經得起細微的剖析。我讀〈水塔〉，感悟良多。

楊克詩歌閱讀札記

〔一〕

　　暮春時節，城市馬路上的綠化樹都開起各式各樣的花朵來。我執教中文大學專業學院的新詩寫作課又啟動了。詩能與生活混沌而合，即便是自然與心靈相契為一。新詩難教，其情況猶之如生活，可授以謀生技倆，卻不能說這即便是「做人之道」。想及奧地利詩人里爾克Rainer Maria Rilke 1875-1926《給一個青年詩人的十封信》這本薄薄的小書冊，當中所直接論及詩歌創作者甚少。詩人對著他的愛慕者，談抉擇與悔疚，談回憶與童年，談痛苦與寂寞，尤其談及閱讀與小說來。寫詩評的，真要戒慎恐懼。第一封信裡，里爾克說：

　　　　再沒有比批評的文字那樣同一件藝術品隔膜的了

　　新詩課中，我擷摘優秀的作品供學生研讀。在蕪雜的新詩叢裡嚴選好詩，是導師的莊嚴責任。因為新詩存在本身有主客兩個最大的困頓。客觀是劣詩壞詩的充斥，主觀是新詩的法度不一而無跡可循。所以「讀好詩」成了學習寫詩的唯一蹊徑。廣東詩人楊克的〈寒流〉和〈我在一顆石榴裡看見了我的祖國〉常是我挑選的教學範例。兩篇作品技法適度，詩人處理生活裡「寒冷」與「愛國」這些熟悉的經驗，予我們一個良好的示例。

　　〈寒流〉前13後6分兩節，共19行。以象徵手法寫寒流。詩人筆下的白熊，形象突顯。有形有聲有色，更有觸感。前十二句的鋪排，成就了末句「我的身子四處透風」。這是一個精警的述說。寒冷掏空了生命的實在，軀體如寄之中，寒氣亂竄。對寒冷，南方詩人的體會是「顫抖」「瑟縮」「砭人肌骨」，南方詩人的書寫卻不應是這樣。楊克無疑成就了打破地域的漢語書寫。

　　詩的結構昭示了「重點」在後節。若不如此，則這便是「內容（情感）」與「形式」的相互抵壘。詩人深諳為詩之道，當然精警在後。且看末節六行。

　　　　我只好用布嚴嚴實實裹住自己
　　　　也笨得像頭熊
　　　　在同伴中那頭不再孤獨的獸

終於安靜了下來
我凍僵的手撫摸它柔軟的鬃毛
其樂融融地暖和

　　詩的優秀不在其涵義，而在背後的一種生存的態度。巨大的寒
流來襲，當然要穿上厚重的禦寒衣服。面對逆境，詩人以幽默的態
度應對。他衣服穿多了，體形就如白熊一樣臃腫。因此與白熊友
善，相依而感到暖和。寫出了人與自然間那種從「施虐者與受虐
者」到「相愛相依」的微妙的變化。

〔二〕

　　謳歌祖國的詩章難寫，因為詩歌作為人類精神的標高點，有其
反建制反權力的訴求。那是藝術上對文明發展的固執不移，也是詩
歌在物質賁張下存在的價值。我常以「思想刻度」和「語言藝術」
兩者去審視詩之優劣。當詩歌超越了述說或述史的階段，成為大詩
家，詩人必得在思想上走向反建制或人文關懷的路向。而楊克選擇
了後者。網路上太多對祖國的膚淺喊話和濫情抒寫，而我們過目即
忘。楊克〈我在一顆石榴裡看見了我的祖國〉卻使人掩卷難忘。存
或棄，關鍵在「如何述說」。尤其在書寫某些浮泛無邊的品德時，

詩人思想與語言的配合，便更顯重要。此詩分五節共39行。相對整齊的句式有利於節奏的推進。且看詩的第二節：

> 我撫摸石榴內部微黃色的果膜
>
> 就是在撫摸我新鮮的祖國
>
> 我看見相鄰的一個個省份
>
> 向陽的東部靠著背陰的西部
>
> 我看見頭戴花冠的高原女兒
>
> 每一個的臉蛋兒都紅撲撲
>
> 穿石榴裙的姐妹啊亭亭玉立
>
> 石榴花的嘴唇凝紅欲滴

這八行詩指涉到國家的歷史、幅員和人民。寫祖國如寫秋實，一幅結實纍纍的畫圖躍然紙上。這裡農家豐年即便是國家盛世。第三節接著寫苦難。十四億人口的國家，天災人禍終歸是事實。新聞報導可以「報喜不報憂」，但真正詩篇卻是真相的描述，不寫苦難何以為祖國！這便是此詩高明之處。且看詩人如何處理這些「裂口」。

> 他們土黃色的堅硬背脊
>
> 忍受著龜裂土地的艱辛

　　每一根青筋都代表他們的苦

　　我發現他們的手掌非常耐看

　　我發現手掌的溝壑是無聲的叫喊

　　這即我們說的「人文關懷」。詩人把「為生民立命」的思想融合當中，背後隱然有大愛在。當然，張棗的〈祖國叢書〉會是另一類的大愛，詩雖晦澀而那些奇特的意象，足以讓我們惴惴不安。兩詩相較，將會是一件詩歌藝術上很有意義的事。

　　但此詩有小瑕。即末節的首句「太陽這頭金毛雄獅還沒有老」中的「金毛雄獅」是也。金毛雄獅予人的意象是古希臘的。我國對月亮的象徵說法很多，而太陽卻只有「金烏」一種說法，所謂「金烏西墜」。詩歌詞語是有氣味有色彩有愛憎的，「金毛雄獅」這個詞語充滿了濃郁的西洋意蘊，置放這裡，並不諧協。

〔三〕

　　作為當代一個重要的詩人，楊克三十餘年的詩歌集裡，優秀的詩篇相對為多。對評論家來說，所謂優秀詩歌的一個重要指標是，詩裡任何的元件都能經得起「詞語相互間」那種細微的分析。而這種細微的分析常常運用了「結構主義」structuralism和「新批評」

new criticism的方法來。

結構主義有一個說法對詩歌的解讀至為重要，即，文本是如何違背結構分析設置的程式而創造意義how texts create meaning by violating any conventions that structural analysis locates。如果我們以此方法去解讀楊克的作品，則可以發現他的詩作，往往如此措置。〈楊克的當下狀態〉裡的「偶爾，從一堆叫做詩的冰雪聰明的文字／伸出頭來／像一隻蹲在垃圾上的蒼蠅。」〈信札〉裡的「南方是一個空虛的巢／我是屋簷下孤零零的鳥兒，超脫、冷漠／多重人格，翅膀用來擁抱不是飛翔」等，都是很好的例子。

讀楊克詩歌，常感到詩人能在乏味的生活中找到悚人的新意，其情況猶如當代小說裡的雷蒙德‧卡佛Raymond Carver。像〈紅入香山出塵〉〈在朗潤園采薇〉〈德蘭（特裡莎）修女〉〈珠江〉〈嶺南〉〈清明〉〈灰霾〉〈在東莞遇見一塊小稻田〉〈春日尋油菜花不遇〉〈天河城廣場〉等等，都可逐一引證。當中〈夏時制〉奇特無比。詩人借時鐘撥快一小時的夏令時間，設想幾許世間的荒誕事來。而這種荒謬其實源自詩人自身。因為世間的所有秩序其實並沒有因為快了一小時而變改，該發生的事還是會發生。詩裡所有的事件，均是詩人的庸人自擾。「馬路上晨跑的寫實作家／在本來無車的時刻／被頭班車撞死」，設想足夠奇詭。而接下來的一句卻非常重要，「理解了／黑色幽默和荒誕派」。在眾多設想的事情之

中，詩人巧妙埋藏了一條金鑰匙。假設頭班車六時開出，晨跑的寫實作家五時跑步，時間同步上調一小時，頭班車開出與晨跑寫實作家仍是不可能相交。命運理應沒變。詩人刻意混淆時間，然後結束提問：「時間是公正的麼？」以拙劣的問題愚弄平庸的讀者。詩歌背後的意思是，詩人才是智者，重新賦予或顛倒世間秩序。

〔四〕

　　最近《楊克的詩》準備第三次加印。「詩生活網‧詩人專欄‧Y楊克：笨拙的手指」上說，「《楊克的詩》啟動第三次加印。人民文學出版社2015年2月第1版第1次印刷，2015年4月第2次加印，下周安排加印，版權頁上寫2016年1月3次印。」可見在商品化的城市裡，楊克詩歌仍擁有一定的市場。

　　許多人在談楊克的詩，但對楊克有關詩歌的事情瞭解並不多。我書架放著楊克兩本詩集，分別是《陌生的十字路口》（北京：人民文學出版社，1994年10月）和《有關與無關》（臺北：華創文品，2011年01月）。

　　《陌生的十字路口》厚二百頁，由美國長島派（紐約詩派New York School of Poetry）詩人艾詩樂David B Axelrod寫序，他說，「靈與肉的駕馭──詩人內在雙重本質的衝突──構成了楊克詩的主

題。」這篇序，是瞭解楊克詩歌最重要的參考文獻。《有關與無關》的序由臺灣詩人顏艾琳寫，題為〈一些我與楊克的無關，形成的有關〉。艾琳論及與詩集同題的作品時，一語戮破天機，「楊克寫這首詩的用語仿如鐳射刀，他穿透看來完好如初的皮相，直指內部沉痾，挑起病理作切片檢驗，所以字字犀利、精準無比地提說了廣州及大陸的問題。」楊克詩的語言與其思想，便則如此。

　　楊克曾經因為「一組詩而摧毀了一部詩集」。此事不贅。但楊克寫「人民」的詩句，卻任憑歲月流淌也是抹之不去的，「這個冬天我從未遇到過人民／只看見無數卑微地說話的身體」。楊克詩歌因其語言操掌恰如其分，富於人文關懷，致使文本可讀性的跨度極大，始於初學而終於專家，都能各有所得。在明朗的口水詩與晦澀的朦朧詩兩極的往復糾纏中，楊克為迷陣般詩壇開闢了一個逃生口。其詩歌語言與路向，值得我們反芻咀嚼。

【後記】

何以止微

秀實

　　我曾在香港杏花邨嶺南中學當圖書館主任，「止微室」是我辦公室的名稱。這當然是我自行命名的，學校的行政文件並沒有任何記載。「止微室」有一排面西的窗。窗外是一片小山和一彎叫鯉魚門的海峽。維港兩岸，高樓簇擁。晨昏夕照，都會光華，令人陶醉。我不能倖免於附庸風雅的文人習性，把「止微室」三字打印成隸書，貼在門楣上，恍如牌匾，出入抬頭張望，怡然有自得之樂。

　　現在的中學校園已成為半桶水讀書人的「名利場」，爭權奪利之事無日無之。英諺有云，a half empty barrel makes more noise，令人極為煩厭。「止微室」位於學校最高層，走廊可以看到一片寧靜的大海。與一樓的權力中心頗有一段距離。況兩派相鬥，劍拔弩張，無暇顧及無用的書生，因而得以佯裝名士，雖我行我素，仍屢番逃過劫難。雖云「止微」，卻偏偏有人說成「紫薇」。可見人心總是

傾情而去理，只因生命枯燥而短暫。我雖為詩人，於世間有情，但卻更看重思想的力量，並以為文學作品「非關感情的渲洩，更多是思想的較量」。因而有此命名。

其實，我也並非偏愛文學的「止微」，於植物學的「紫薇」也頗為稔熟。我在廣東深圳白石州祥祺花園的房子，露台外面的兩株大葉紫薇，便常被「移植」到我的詩文當中。四時景致，皆有可觀。按「中文百科在線」記載，大葉紫薇lagerstroemia speciosa為落葉小喬木，樹高十米，樹冠廣闊如傘蓋，花期在五月至八月間。花序大，花朵多而密，花色鮮艷可觀。因為這兩株紫薇，我有段時間常穿梭於港深兩地。如今年齒虛長，飄泊依然，漸有安居之想。紫薇雖美，而終非所愛。

書名《為詩一辯》是其中一篇文章的篇名。副書名是「止微室談詩」。止微，是我思想的核心。人心不說，今古相同。但世相較之古人，相差何止萬倍。一輛汽車所涉及的零件與產品，項目已逾萬種。這是古人所未聞的。而惟有愈臻細微，才愈接近真相。世人已慣以二分法來立身處世，而其實在敵與我、好與壞、黑與白等各種現象或評價之間，仍有無限可能，而這些可能都得在微中見出。粗疏的二分法無法尋出真相來。如果說文學創作，引伸出來，則繁複句子才足以應對繁複的世相。這是我的文學主張。「止微」之於文學，簡單來說有兩點。一、我以為優秀的文本必經得起細微的分

析，平庸浮泛的作品在細微的剖析之下，如暴露於小說《白雪公主》的那塊魔鏡前，無所遁形。二、文字的力量必得通過細微的述說方能顯現。而這種細微的述說才有機會穿透世相而接近真相。粗疏的書寫只能提供一個假象來。

　　這些評析詩歌的文字涉及兩岸三地的詩歌文本，大多數在「止微室」內完成。如今離開了這個「斯是陋室」，居無定所，業不專精，游走於大學或大學的專業進修學院任教新詩創作課。寫詩與評詩卻一直未曾停止。去年詩歌已結集為《台北翅膀》（秀威資訊，釀出版）。如今這些讀詩隨筆也湊拼成書，很是愉悅。這種愉悅，得感謝秀威經典（秀威資訊）的謬賞，感謝詩人葉莎代為申請，感謝版畫家陳柏堅的插圖（這些插圖曾在一本四人詩集中出現，部分作者已幽冥相睽，令人特別感念。），更要感謝國寶級詩人向明賜序。蕪雜之文，雖止微卻遠道，重讀之際，深感愧疚。古人言「書到用時方恨少」，廣為人曉的名言容易令人忽略，治學者必得對文字時加警覺，方才可以領受到當中的訓誨。

　　2016.7.10.下午三時十分定稿，於台北公館區寶藏巖登小樓。

秀威經典　　　　　　　　　　　　　　　　　　新視野23　PG1619

為詩一辯
——止微室談詩

作　　者/秀　實
責任編輯/辛秉學
圖文排版/莊皓云
封面設計/蔡瑋筠

出版策劃/秀威經典
發 行 人/宋政坤
法律顧問/毛國樑　律師
印製發行/秀威資訊科技股份有限公司
　　　　114台北市內湖區瑞光路76巷65號1樓
　　　　電話：+886-2-2796-3638　傳真：+886-2-2796-1377
　　　　http://www.showwe.com.tw
劃撥帳號/19563868　戶名：秀威資訊科技股份有限公司
　　　　讀者服務信箱：service@showwe.com.tw
展售門市/國家書店（松江門市）
　　　　104台北市中山區松江路209號1樓
　　　　電話：+886-2-2518-0207　傳真：+886-2-2518-0778
網路訂購/秀威網路書店：http://www.bodbooks.com.tw
　　　　國家網路書店：http://www.govbooks.com.tw

2016年8月　BOD一版
定價：200元
版權所有　翻印必究
本書如有缺頁、破損或裝訂錯誤，請寄回更換

國家圖書館出版品預行編目

為詩一辯：止微室談詩 / 秀實著. -- 一版. -
臺北市：秀威經典, 2016.08
　　面；　公分. -- (新視野 ; 23)
BOD版
ISBN 978-986-92973-6-3(平裝)

1. 新詩　2. 詩評

820.9108　　　　　　　　105014727

讀者回函卡

感謝您購買本書，為提升服務品質，請填妥以下資料，將讀者回函卡直接寄回或傳真本公司，收到您的寶貴意見後，我們會收藏記錄及檢討，謝謝！
如您需要了解本公司最新出版書目、購書優惠或企劃活動，歡迎您上網查詢或下載相關資料：http:// www.showwe.com.tw

您購買的書名：_____

出生日期：_____年_____月_____日

學歷：□高中 (含) 以下　　□大專　　□研究所 (含) 以上

職業：□製造業　□金融業　□資訊業　□軍警　□傳播業　□自由業
　　　□服務業　□公務員　□教職　　□學生　□家管　□其它_____

購書地點：□網路書店　□實體書店　□書展　□郵購　□贈閱　□其他

您從何得知本書的消息？

　　□網路書店　□實體書店　□網路搜尋　□電子報　□書訊　□雜誌

　　□傳播媒體　□親友推薦　□網站推薦　□部落格　□其他_____

您對本書的評價：（請填代號　1.非常滿意　2.滿意　3.尚可　4.再改進）

　封面設計____　版面編排____　內容____　文／譯筆____　價格____

讀完書後您覺得：

　□很有收穫　□有收穫　□收穫不多　□沒收穫

對我們的建議：_____

_____

_____

_____

11466
台北市內湖區瑞光路 76 巷 65 號 1 樓

秀威資訊科技股份有限公司　　　收

BOD 數位出版事業部

....

（請沿線對折寄回，謝謝！）

姓　　名：＿＿＿＿＿＿＿＿＿　年齡：＿＿＿＿＿　性別：□女　□男

郵遞區號：□□□□□

地　　址：＿＿＿＿＿＿＿＿＿＿＿＿＿＿＿＿＿＿＿＿＿

聯絡電話：(日)＿＿＿＿＿＿＿＿＿　(夜)＿＿＿＿＿＿＿＿＿

E-mail：＿＿＿＿＿＿＿＿＿＿＿＿＿＿＿＿＿＿＿＿＿